LA CONDAMNATION DE FINN

OURS DE RED LODGE - 5

KAYLA GABRIEL

La condamnation de Finn

Copyright © 2020 par Kayla Gabriel

Tous droits réservés. Aucune partie de ce livre ne peut être reproduite ou transmise sous quelque forme que ce soit ou de quelque manière, électrique, digitale ou mécanique. Cela comprend mais n'est pas limité à la photocopie, l'enregistrement, le scannage ou tout type de stockage de données et de système de recherche sans l'accord écrit et expresse de l'auteure.

Publié par Kayla Gabriel

La condamnation de Finn

Crédit pour les Images/Photo : Images/Photo Credit: mgillert, maros_bauer

Note de l'éditeur :

Ce livre a été écrit pour un public adulte. Ce livre peut contenir des scènes de sexe explicite. Les activités sexuelles inclues dans ce livre sont strictement des fantaisies destinées à des adultes et toute activité ou risque pris par les personnages fictifs dans cette histoire ne sont ni approuvés ni encouragés par l'auteur ou l'éditeur.

BULLETIN FRANÇAISE

REJOIGNEZ MA LISTE DE CONTACTS POUR ÊTRE DANS LES PREMIERS A CONNAÎTRE LES NOUVELLES SORTIES, OBTENIR DES TARIFS PREFERENTIELS ET DES EXTRAITS

https://kaylagabriel.com/bulletin-francais/

1

Finn Beran passa la main dans ses cheveux acajou déjà décoiffés, depuis les côtés et l'arrière bien rasés jusqu'aux mèches plus longues du dessus. Il jeta un œil à son frère Noah et sentit cette étrange magie du vrai jumeau. Il se regardait dans un miroir, pour peu que ses cheveux aient été un peu moins entretenus, ses vêtements davantage BCBG, et le visage rasé de près.

Jusqu'à six mois plus tôt, Finn avait été quasiment identique, un type bien rasé en pantalon de ville et en chemise fermée jusqu'au dernier bouton. Un prof de collège classique, jusque dans les moindres détails. Néanmoins, il avait commencé à changer de grandes choses dans sa vie, à commencer par son travail et sa maison, et en continuant avec son style. Il avait laissé la barbe repousser sur son menton et ses joues, mais toujours de manière soignée. Il avait abandonné ses vêtements professionnels.

Son frère jumeau, Noah, lui décocha un regard, rien de plus qu'un sourcil haussé, mais Finn sut tout de suite ce qu'il pensait. Ces yeux turquoise brillaient d'humour.

Tu joues encore avec ta coupe iroquoise, Finny ? semblait

dire Noah. S'ils avaient été seuls, Noah n'aurait pas limité sa critique à un seul petit regard. Heureusement pour Finn, ils étaient assis à la table du pub préféré de Finn pour sa bière artisanale. La musique était bruyante, les lumières tamisées, les serveuses mignonnes et avec un sale caractère, un bar typique de Portland, auquel Finn se rendait régulièrement, et pas seulement lorsqu'il y avait des visiteurs en ville comme c'était le cas ce jour-ci.

Cinq visiteurs pour être précis, même si le dernier n'était pas encore arrivé. Actuellement, Finn était entouré de ses frères Noah et Cameron, accompagnés de leurs partenaires, Charlotte et Alex. Finn connaissait même Charlotte intimement ; aussi intimement qu'on pouvait se connaître, puisque lui et Noah s'était partagé une nuit dans le lit de la belle blonde, une partie de jambes en l'air à trois sauvage et enivrée que Finn n'oublierait pas de sitôt. Même s'il aurait dû, puisqu'il se sentait mal à l'aise à côté de Charlotte, qui était probablement une des plus gentilles personnes sur Terre. Elle semblait vraiment l'apprécier et le considérer comme une personne différente de Noah, son jumeau charismatique et extraverti.

Finn appréciait l'attention de Charlotte plus qu'il ne pourrait et n'arriverait à l'exprimer. Il appréciait aussi l'union qui existait entre Charlotte et Noah, et jamais il n'envisagerait de s'immiscer entre eux, maintenant qu'ils étaient vraiment partenaires. Autrefois, Finn avait songé à se mettre en chasse de Charlotte… mais le temps avait passé, et en toute honnêteté, il pensait que c'était pour le mieux. Charlotte rendait Noah heureux, et c'était déjà un exploit remarquable.

« Finn, tu écoutes ou pas ? » Cameron haussa la voix en donnant un coup de coude dans les côtes de Finn.

Finn se secoua la tête et retourna son attention vers le groupe.

« Tout va bien ? demanda-t-il avec un petit sourire en coin.

— Alex te posait des questions sur ta ferme, reprit Cam.

— Cam a dit que tu plantais de quoi faire de la bière ? » demanda Alex.

Finn regarda la magnifique rousse qui lui faisait face et lui adressa un grand sourire. Il se pencha en avant et leva la voix pour être entendu par-dessus la musique rock qui pulsait.

« Des variétés patrimoniales de houblon. On a tellement de brasseries dans l'Oregon et à Washington, et beaucoup de micro-brasseries demandent un type bien spécifique de houblon pour leur recette. Il n'y a pas beaucoup de fermes qui font pousser des variétés spécifiques basées sur les demandes des clients, alors c'est un marché de niche qui marche plutôt bien.

— Donc, tu as démissionné en tant que prof, et tu es venu ici ? demanda Alex, apparemment intéressée.

— Il a acheté un gros lopin de terre, avec une ferme ancienne, l'informa Charlotte. Je ne sais pas comment la maison ne s'est pas effondrée sur sa tête, mais Finn a l'air plutôt content. »

Alex acquiesça, l'air pensive.

« C'est un changement énorme pour toi, » dit-elle.

Son ton impliquait qu'elle était curieuse de savoir pourquoi Finn avait pris une décision aussi radicale, mais elle était trop polie pour le dire directement.

« Le plus gros défi de Finn, ça va être de trouver une Berserker avec qui se caser. Il n'y a pas beaucoup de choix, par ici, » fit Noah.

Finn lui adressa un regard noir, mais il était trop tard. Alex se redressa et saisit l'information au vol.

« Portland est plutôt une grande ville. Il n'y a pas beaucoup d'ours-garous ici ? demanda-t-elle.

— Pas vraiment, répondit Finn avec un haussement d'épaules. Beaucoup sont comme moi, ils font partie de clans qui viennent d'ailleurs. De la Californie ou de Washington, souvent. Et puis il y a le clan d'Eugene...

— Ils sont tous tarés là-bas, ajouta Cameron. Chaque fois que j'ai traité avec eux, ça a été épuisant d'obtenir les trucs les plus basiques. Ils sont totalement de la vieille école, avec un sérieux déficit de femmes. Et ils sont endettés jusqu'au cou, si on en croit leur relation avec le clan Beran.

— Je n'ai pas vraiment traité avec eux. J'étais trop occupé à remettre la ferme sur pied, indiqua Finn, sans se mouiller.

— Je ne veux pas être malpolie mais... est-ce qu'il te reste vraiment beaucoup de temps ? Pour trouver une partenaire, je veux dire. Combien de temps il te reste, avant que le décret de l'Alpha ne fasse effet ? » demanda Alex.

Finn lui décocha un regard étréci. Elle n'était pas seulement intelligente, elle était aussi perceptive. Et directe, apparemment.

« Il me reste cinq mois, grogna-t-il. De toute manière, je pense qu'on devrait plutôt parler de vous deux. Vous êtes le tout nouveau couple. Ou devrais-je dire, vous trois ? »

Alex rougit et sourit.

« On va dire que je l'ai bien cherché, concéda-t-elle en levant son verre d'eau pétillante en un salut parodique.

— Effectivement, on va devenir parents, » confirma Cam.

Le regard qui passa entre Alex et Cam était à moitié tendre et à moitié doux, et tellement intense que Finn se sentit presque mal à l'aise. Est-ce qu'il arriverait un jour à trouver une partenaire qui le regarderait comme ça ?

Une main lourde atterrit sur son épaule et le fit sursauter. Il se tourna et vit que Wyatt le regardait de haut, un sourire de merdeux sur le visage. Apparemment, le cinquième visiteur de Finn avait daigné se montrer.

« Voilà mon frère préféré, fit Wyatt, en ignorant sciemment les autres personnes à la table.

— C'est bizarre, je ne pensais pas du tout la même chose de toi, » répliqua Finn, en levant les yeux au ciel.

Wyatt était tout en apparences, en attitudes et en conneries. Recevoir un compliment de sa part était une bonne raison de s'inquiéter.

« Je vais te chercher une chaise. »

Finn se leva pour attraper une chaise à une table voisine, mais Cameron l'arrêta.

« Pas besoin. On s'en va, » lui dit-il.

Le regard noir que Cam envoya à Wyatt était très clair, et l'expression d'Alex ressemblait fort à de la haine à peine masquée. À raison, bien sûr ; Cameron avait raconté à Finn tous les problèmes que Wyatt leur avait causés, en rompant presque leur relation avant qu'elle n'ait vraiment commencé.

« Oh, merde. Vous m'en voulez encore pour ça ? C'est bon, l'eau a coulé sous les ponts depuis, » dit Wyatt en s'asseyant dans la chaise d'Alex.

Son attitude détachée donnait envie à Finn de mordre dans quelque chose, et il n'était même pas inclus dans la dispute.

« Le nouveau membre du clan Beran a faim, » déclara Alex en frottant son estomac.

Sa grossesse commençait un peu à se voir, remarqua

alors Finn. Alex regarda Cameron et son attitude agressive et lui attrapa le bras.

« Bonne soirée, tout le monde. »

Dès qu'ils eurent le dos tourné, Charlotte et Noah les suivirent. Wyatt fit quelques reproches à Noah, mais Finn vit le visage de Charlotte adouci par l'amour qui s'y trouvait et n'en voulut pas du tout à son jumeau. Si Charlotte, ou n'importe quelle femme vraiment, pouvait regarder Finn ainsi, avec ce mélange léthal d'amour et d'envie, lui aussi serait sorti du bar rapidement. Si possible en portant la fille sur son épaule, comme un homme des cavernes.

Cette pensée le fit sourire. Finn savait qu'il était un des hommes Beran les plus calmes, mais ça s'arrêtait à la porte de la chambre. Aucun de ses frères n'avait besoin de savoir ça, évidemment. Quand il avait passé la nuit avec Noah et Charlotte, Finn avait fait exprès de rester en retrait, en sentant le besoin de son jumeau de contrôler la situation.

« Hé, couillon. Et si tu arrêtais de rêvasser et que tu buvais ton whisky ? dit Wyatt en faisant avancer un verre vers lui sur la table en bois.

— Et si tu arrêtais d'être un connard aussi monumental ? Il y a plus que toi et moi maintenant, aucune fille à impressionner. Ou à insulter, dans ton cas, » rétorqua Finn.

Wyatt eut un sourire narquois, mais ne défendit pas son argument. Quoi que son argument ait été. C'était toujours dur de le savoir, avec lui.

« À quoi on trinque ? demanda Wyatt en changeant de sujet.

— Euh... Au fait qu'on soit les deux seuls hommes Beran à être célibataire ? répliqua Finn, sèchement.

— Ah ! C'est plus adapté que ce que tu ne crois, » répondit Wyatt en levant son verre à shot pour le faire tinter contre celui de son frère.

Ils burent tous deux le whisky d'un mouvement fluide avant de taper les verres contre le bar. Finn fit la grimace en sentant la brûlure de l'alcool glisser dans sa gorge.

« Bon Dieu. Qu'est-ce que tu as fait, t'as demandé le pire truc qu'ils avaient au bar ? demanda Finn. Wyatt haussa les épaules.

— J'ai juste demandé à la barmaid de me donner ce qu'elle pensait qui était le plus approprié. Maintenant que j'y pense, j'ai peut-être récupéré son numéro la dernière fois que j'ai été en ville. À l'évidence, je ne l'ai pas rappelée.

— Ne ruine pas ce bar pour moi, Wy. C'est le seul endroit que j'ai trouvé qui me plaise bien.

— En fait, je pensais retourner dans son lit. Je vais être ici pour une semaine au moins, » continua Wyatt.

Finn le regarda, surpris. L'expression de Wyatt ne trahissait rien, mais Finn fut instantanément sur ses gardes.

« Pourquoi ? J'espère que tu ne prévois pas de rester avec moi cette fois, parce que tu as déjà exaspéré deux de mes employés. Je crois que Brian va t'exploser, la prochaine fois qu'il te voit.

— Il n'a qu'à faire mieux attention à sa petite amie, répondit Wyatt, sans l'ombre d'un remords.

— Ex-petite amie, maintenant. Et grâce à toi, j'en suis sûr.

— Eh bien, voilà, reprit Wyatt en frappant la table du plat de la main. Je lui ai rendu service. Elle n'était pas fidèle. Et pas si bonne que ça au pieu, si je me rappelle bien. »

Finn se contenta de soupirer. Il était inutile de faire des reproches à Wyatt, ce type n'en écoutait jamais un mot.

« Ça ne fait que quelques semaines depuis ta dernière visite. Pourquoi tu es revenu aussi vite ? demanda Finn.

— Pour les affaires. En parlant de ça, je vais avoir besoin

que tu me rendes un service. Je vais avoir besoin de... t'emprunter. Pour demain matin.

— Qu'est-ce qui te fait dire que je n'ai rien prévu pour demain ? demanda Finn, un peu blessé par l'affirmation de son frère.

— Tu ne fais que bosser toute la journée. Tu n'as pas de nana, tu n'as pas de passe-temps. Qu'est-ce que tu pourrais bien faire demain ? À part te noyer dans les beaux yeux de Charlotte, je veux dire. »

Les doigts de Finn se resserrèrent en poings.

« Je ne me noie dans les yeux de personne.

— Tu es un de ces types qui suit la loi à la lettre, fit Wyatt, son dégoût à peine masqué. Et pourtant, tu n'as rien fait pour te trouver une partenaire. Tu t'es planté la tête dans le sable à ta ferme à la place, et qu'est-ce que ça t'a apporté au juste ? »

Finn aboya un rire.

« Venant de toi... Comment est-ce que toi, tu peux m'emmerder de ne pas avoir trouvé une partenaire assez vite ? De M'man, je m'y attends. Mais de toi... Je ne pense pas que tu vas être dans les temps, point barre. Tu peux dire adieu à ton clan, » ajouta Finn en agitant la main devant le visage de son frère.

Rapide comme l'éclair, Wyatt saisit la main de Finn et l'écrasa sur la table avec un bruit sourd.

« Ne t'inquiète pas pour moi. On parlait de toi. Et surtout de comment ton cul va se lever demain matin pour aller rendre visite au clan d'Eugene. »

Finn ouvrit la bouche pour poser une autre question, mais Wyatt se leva pour se rendre au bar. Lorsqu'il revint avec six autres verres à shot, les soupçons de Finn atteignirent un niveau d'inquiétude exceptionnel.

« Dis-moi ce qu'il se passe, exigea-t-il en examinant Wyatt.

— D'abord, les shots. Ensuite, je te dis de quoi j'ai besoin. »

Wyatt était inflexible. Ils descendirent les shots à la suite, et Finn sentit la tête lui tourner. Il était loin d'être un poids plume, du haut de ses deux mètres tout en muscles, mais quatre shots de whisky de mauvaise qualité auraient pu abattre n'importe qui. En quelques minutes à peine, il avait le regard baissé sur ses mains, saoul, et écoutait Wyatt donner les détails de son histoire.

« Pour faire simple, l'Alpha d'Eugene me tient par les couilles, admit Wyatt, les mots un peu hésitants. Il m'a rendu le service que je lui avais demandé, il a établi la connexion dont j'avais désespérément besoin, et maintenant, il s'attend à ce que j'honore ma partie du marché. Et... tu sais que je ne peux pas faire ça, Finn. Tu le sais comme tout le monde, je ne peux pas.

— Hum hum, répondit Finn, en redressant soudain le regard vers celui de son frère. Ouais. Je veux dire, ouais, tu ne peux pas. »

Finn n'avait aucune idée de ce qu'il approuvait ou de ce qu'il était censé savoir, mais le whisky emportait ses inquiétudes. Apparemment, il avait dit ce qu'il fallait, parce que le soulagement de Wyatt fut clairement lisible.

« Ce truc de partenaire... C'est juste que... Wyatt secoua la tête. C'est pas possible.

— À cause de cette fille ? C'était quoi son nom, Abby ? demanda Finn, les yeux plissés en essayant de se rappeler des détails.

— Je ne veux pas en parler, » répondit Wyatt, le dos soudainement droit.

— Mec, ça fait genre... dix ans, au moins. Il faut vraiment que t'apprennes à tourner la page, » affirma Finn en s'adossant à sa chaise.

C'était tellement bon, de se détendre un peu. Un peu trop bon, même. Merde, il était bourré. Il allait lui falloir un taxi, et vite.

« J'ai dit que je ne voulais pas en parler.

— D'accord, d'accord, » concéda Finn.

Ils restèrent silencieux un instant, absorbés par leurs pensées.

« On devrait y aller, finit par dire Wyatt. Il est déjà minuit, et j'ai besoin de passer te prendre demain à neuf heures grand maximum. »

Finn fronça le nez.

« J'ai l'impression que c'est le pire service à rendre de tous les temps.

— Dis-moi simplement que tu seras prêt. Mets ton meilleur costume, mec.

— Un costume, la classe, grommela Finn.

— D'aaaaccord. On va te trouver un taxi, mon pote, » reprit Wyatt.

Il aida Finn à se lever et à se diriger vers la sortie.

À en juger par son niveau actuel d'intoxication, Finn songea un bref instant que le jour d'après risquait d'être assez terrible. Il soupira devant sa propre bêtise, et laissa son grand frère le guider à travers la nuit noire de Portland.

2

Nora Craig se tenait debout sur un petit tabouret en bois grinçant et faisait de son mieux pour rester immobile. Ce qui requérait d'elle d'ignorer toute l'agitation qui l'entourait. Les femmes à genoux devant ses pieds qui finissaient de s'occuper de la couture au bas de sa robe. La nouvelle partenaire du père de Nora, qui répandait de la laque sur ses cheveux soigneusement coiffés en arrière avant de fuir la pièce avec un murmure de satisfaction. Par-dessus tout, le larbin en costume avachi dans une chaise à l'entrée, placé ici pour s'assurer que Nora ne parte pas accidentellement se « promener ». Selon les mots de son père, bien sûr.

Alors, Nora se contentait de regarder par la fenêtre du premier étage, d'où elle pouvait voir la large route en pierre serpenter et s'étrécir à mesure qu'elle disparaissait à l'horizon. Dans son esprit, elle calculait combien de temps il lui faudrait pour courir cette distance. Si elle courait à toute allure... Si elle avait assez d'avance... Si elle arrachait la robe, qu'elle en laissait les lambeaux par terre...

Nora passa les mains sur le corsage de la robe, les doigts

traçant les petites perles délicates cousues main il y a fort longtemps au satin couleur d'ivoire. Cette robe avait appartenu à sa mère, et à sa grand-mère avant ça. Elle était en bon état, même si elle était un peu vieille. Plus récemment, elle avait été prêtée à sa tante, à deux de ses cousines, et à quelques autres filles du clan.

Cette robe avait une histoire. Plus cette histoire était récente, plus les actions qui y étaient liées étaient horribles. C'était une relique d'un temps passé, un temps où sa famille avait du bon sens et beaucoup plus d'argent. Quand le père de sa mère avait été l'Alpha, et qu'il savait ce qu'il fallait pour le clan.

Sur une des manches longues, à l'intérieur du poignet gauche, se trouvait une petite tâche sombre, un endroit où du sang rouge brillant s'était répandu sur le tissu crémeux. C'était la cousine de Nora, Tarah, qui avait porté cette robe la dernière, et elle n'avait pas été aussi docile qu'elle. La lutte futile de Tarah n'était plus qu'un souvenir maintenant, et Nora en portait la seule preuve restante, bien qu'elle soit mince.

Elle prit une inspiration, mais retint le gémissement qu'elle voulait pousser. Il n'y avait pas le temps de penser au passé, aujourd'hui. Elle devait garder le contrôle, être présentable. C'était le dernier lambeau de dignité qui lui restait, maintenant.

« Mlle Nora, arrêtez de prendre ces grandes inspirations, dit Aggie en faisant claquer sa langue. Vous êtes plus ronde que vos cousines, et vous ne voudriez pas déchirer la robe. »

Nora baissa les yeux sur Aggie, une tante vieillissante du côté de la famille de sa mère. Elle la dévisagea en notant les traits qui lui rappelait sa mère, la femme à laquelle Nora ressemblait tellement.

Les cheveux d'Aggie, d'un gris métallique, étaient relevés en un chignon sévère, et rappelaient encore les longues tresses noires épaisses qu'elle avait autrefois. Les cheveux de Nora n'étaient pas aussi longs, et s'arrêtaient à sa mâchoire en une coupe au carré sévère. La couleur était la même, cependant, aussi sombre que l'aile d'un corbeau. Les yeux marrons d'Aggie étaient exactement comme ceux de la mère de Nora. Nora adorait ces yeux expressifs, et elle savait que ce regard couleur chocolat pouvait être réconfortant et doux. Les yeux de Nora, couleur lavande, étaient jolis, mais ils n'abriteraient jamais la même gentillesse et la même compassion, ce qu'Aggie et la mère de Nora possédaient en quantité.

Nora ajusta sa posture sur le tabouret et jura immédiatement lorsque la compagne d'Aggie planta une aiguille dans sa cheville.

« Je t'ai dit de ne pas bouger ! cria Gretchen en tirant sur la couture. Tu es obstinée, ma fille. »

J'ai vingt-cinq ans, je ne suis plus une fille, voulut répondre Nora, mais elle tint sa langue. Gretchen n'était pas la personne qu'elle aimait le plus au monde, et Nora suspectait qu'elle rapportait toutes les actions qu'elle entreprenait à son père, mais ce n'était pas la faute de cette femme si Nora se tenait sur ce tabouret, à attendre un destin incertain. Gretchen était tout aussi sous le contrôle de Lars Craig que Nora. En tant qu'Alpha du clan Craig, le père de Nora avait toutes les cartes en main et c'était lui qui décidait quand il voulait les jouer.

« Tu pourrais être un peu plus gentille avec elle, lança Aggie à Gretchen. Vues les circonstances.

— Au moins, elle s'échappe, d'une certaine manière, rétorqua Gretchen. C'est mieux que ce qu'on a pu avoir toutes les deux, Aggie. De toute manière, j'ai fini.

— Moi aussi, » acquiesça Aggie.

Elles reculèrent d'un pas pour laisser le pan de la robe retomber, et Aggie l'ajusta un peu pour que le tissu tombe juste.

« Magnifique, » fit-elle, le regard levé vers Nora en une expression partagée.

Avant que Nora n'ait une chance de répondre, son regard fut attiré par quelque chose à la fenêtre. Au loin, un épais nuage de poussière s'élevait dans les airs.

« Des visiteurs, » dit Nora d'un ton lugubre.

Gretchen alla regarder à la fenêtre, mais Aggie offrit une main à Nora pour l'aider à descendre du tabouret.

« Enfile tes talons pour que la robe ne traîne pas par terre, » ordonna-t-elle.

Nora mit les talons noirs, en appréciant les quelques centimètres qu'ils ajoutaient à son mètre cinquante. Elle en aurait besoin si elle devait confronter Wyatt Beran dans quelques minutes à peine. Son estomac gargouilla, lui rappelant qu'elle n'avait rien mangé de la journée. Son père avait ordonné à Gretchen de contrôler le régime alimentaire de Nora ces deux dernières semaines, ce qui signifiait qu'elle ne mangeait presque rien. Austère et maigre comme elle était, Gretchen n'approuvait pas les courbes de Nora, et elle s'était réjouie de cette chance de pouvoir les maîtriser.

En regardant son reflet dans le miroir, Nora eut un petit rire. Son corps était totalement impossible à maîtriser. Elle avait toujours sa silhouette en forme de sablier, toute en seins, en hanches et en cul. Peu importe ce qu'elle mangeait, les régimes qu'elle suivait, tout ce qu'elle pouvait se dépenser, son corps ne changeait jamais. Sa mère avait été comme ça, autrefois. La ressemblance quasi-parfaite de Nora avec sa mère devait, selon elle, justifier au moins la moitié du dédain que son père avait pour son unique fille.

Nora était la mémoire vivante de quelqu'un que Lars Craig essayait désespérément d'oublier.

« Viens voir, » dit Gretchen en faisant signe à Nora de s'approcher de la fenêtre.

Elle obéit, curieuse. Une berline noire de luxe venait de s'arrêter dehors, et elle ne la reconnaissait que trop bien.

« Qu'il est beau, » fit Aggie, en voyant l'homme descendre de la voiture.

Wyatt Beran était en effet beau, Nora ne pouvait pas le nier. Tout aussi beau qu'il était arrogant, malpoli et froid.

La porte côté passager s'ouvrit, et un autre homme aux cheveux noirs en sortit. Nora se mordilla la lèvre, le regard étréci. Est-ce qu'ils étaient jumeaux ? Non, décida-t-elle. Après un examen plus approfondi, l'autre homme semblait un peu plus jeune, un peu plus soigné. Ils avaient la même couleur de cheveux et d'yeux, cependant.

Des frères, donc. Nora se rappelait que l'Alpha du clan Beran avait plusieurs fils, pas seulement Wyatt. Elle ne les avait jamais rencontrés, mais apparemment, elle allait faire connaissance sous peu. Elle regarda le nouvel arrivant un moment de plus, en se demandant s'il serait aussi distant et sarcastique que son frère. Elle le vit regarder autour de lui, le visage dur et impatient, et Nora se douta qu'il devait être comme Wyatt, voire pire.

« Ils se disputent, » dit-elle à mi-voix.

Ses mots attirèrent de nouveau Aggie et Gretchen vers la fenêtre. Elles virent toutes trois les deux hommes Beran pencher la tête l'un vers l'autre avec des airs féroces. Pour compliquer les choses, le père de Nora s'approcha avec deux de ses hommes de mains en costume à sa suite.

La dispute s'envenima, et Lars Craig pointa un doigt vers le visage de Wyatt. Wyatt se contracta visiblement, mais son frère le rattrapa par le bras et lui fit faire un pas en arrière avant que Wyatt ne puisse agir. Le frère avait raison, parce que le père de Nora ne retenait pas ses coups. Il était toujours victorieux, quel que soit le combat qu'il engageait, et il n'avait pas l'habitude de laisser ses adversaires repartir vivants.

Après un instant, la discussion changea de direction. Le père de Nora sembla se détendre, alors même que le frère de Wyatt s'agitait de plus en plus, la colère visible dans son attitude. Wyatt attira son frère loin du groupe, et le père de Nora et ses hommes reculèrent pour leur laisser un peu d'espace pour se disputer, apparemment.

Pourquoi est-ce qu'ils se disputent, au juste ? se demanda Nora. Une partie d'elle suspectait qu'elle en était la cause, même si elle ne pouvait pas en être sûre.

Quelle que soit la raison, c'était fini, maintenant. Le frère et Wyatt croisèrent les bras et se regardèrent fixement avec des airs résignés. C'était drôle, Nora se sentait exactement pareille.

« Nora ? »

Elle se tourna et vit Lesley, la garce blonde que son père avait pris comme partenaire à peine quelques mois plus tôt. Exactement au moment où Lars Craig avait convoqué Nora à la maison pour remplir son devoir, d'ailleurs. Même si Lesley n'avait pas dit grand-chose, Nora savait que c'était elle qui avait mis toute cette idée dans la tête de son père. Aujourd'hui arrivait pour beaucoup de raisons, qui comprenaient l'entêtement de son père et l'incapacité de Nora à défendre ses opinions, mais l'élimination froide et calculatrice de Lesley de toute menace possible pour l'héritage de ses enfants à venir était au centre de tout ce foutoir.

« C'est l'heure. Ton père veut que tu descendes, » fit Lesley.

Elle avança dans la pièce et ses longs talons aiguilles

claquèrent par terre. Le bas de sa mini robe blanche froncée, déjà très haut, remontait encore plus lorsqu'elle marchait. Elle s'arrêta un instant pour la réajuster, puis tendit le bras pour attraper le poignet de Nora et l'attirer vers elle.

« Lesley... » commença Nora, mais Lesley posa un doigt sur ses lèvres.

Nora se figea lorsque Lesley afficha ce sourire rouge rubis étincelant et terrifiant dont elle avait le secret et leva la main pour replacer une mèche de cheveux qui menaçait de s'enfuir de la coiffure de Nora. Nora retint son dégoût, en se rappelant que Lesley était immature, puisqu'elle était plus jeune de quelques années qu'elle.

« Allons, Nora, tu ne voudrais pas être malpolie avec moi aujourd'hui, murmura Lesley.

— Vraiment ? C'est mon dernier jour, répondit Nora, en gardant un ton calme et inexpressif.

— Oh, ma chérie. »

Lesley attrapa de nouveau le poignet de Nora et le tourna pour regarder les bracelets dorés délicats que Nora portait. Ils faisaient partie d'un ensemble qui comportait plusieurs anneaux, ainsi que le pendant en or et en diamant qui pendait au cou de Nora et les boucles d'oreilles assorties qui ornaient les côtés de son visage.

« Ils devraient être à moi. Ton père a dit que je pouvais les prendre, si je le voulais. Et je les veux. »

Le regard de Lesley remonta sur celui de Nora, avec des yeux noisette emplis de haine.

« Tu ne peux pas les prendre. Ils sont à ma mère, affirma Nora en éloignant brusquement son bras de Lesley.

— Ils étaient à ta mère, tu veux dire, la corrigea Lesley, avec un sourire cruel sur les lèvres. Et si tu ne te comportes pas bien, je ne vais pas seulement les porter. Je vais les faire fondre, et je vendrai le métal tel quel pour m'acheter quelque chose de joli.

— Tu n'oserais pas, » articula Nora, les yeux écarquillés.

Lesley se pencha vers l'oreille de Nora, assez proche pour garder l'échange secret.

« Si tu choisis de fuir aujourd'hui, il arrivera bien pire. Si, à un seul instant, je te vois avec une expression qui n'est pas agréable en face de nos invités, je m'assurerai personnellement qu'Aggie ait un malheureux *accident* après ton départ, » siffla-t-elle.

La bouche de Nora s'ouvrit sous le choc. Lesley s'éloigna, en affichant de nouveau ce sourire malsain sur son visage.

« Descends, ordonna-t-elle. Dans deux minutes ou je leur demande de monter pour te traîner en bas. »

Sur ces mots, elle lui tourna le dos et sortit de la pièce à pas rapides. Nauséeuse, Nora écouta le cliquetis des talons de Lesley s'éloigner dans les escaliers, sans bouger. Clic, clic, clic. Ses pas avaient le rythme exact du cœur battant de Nora.

Aggie vint jusqu'à elle pour la prendre dans ses bras, brièvement, puis la prit par le bras pour la mener dans le couloir, jusqu'aux escaliers.

« Tu n'as que quelques centaines de pas à faire, ma chérie. Et puis, tout sera fini. »

Nora ne le savait que trop bien. Elle déglutit, et laissa Aggie et Gretchen l'emmener jusqu'à l'autel.

3

En levant les yeux sur la maison de ferme blanche vieillotte de Lars Craig, Finn eut un sentiment de familiarité. Il en avait une exactement comme celle-ci sur sa ferme, une réplique quasi-exacte de l'extérieur. La grande différence, c'était ce grand jardin verdoyant empli de douzaines de Berserkers du clan Craig, l'air patibulaire. Ils observaient tous les faits et gestes de Finn et de Wyatt, dans l'attente du feu vert.

Seulement, Wyatt ne pouvait pas le donner, parce que Finn n'était pas exactement d'accord avec le marché. À vrai dire, il était sur le point de se mettre à distribuer des coups de poing. Que la personne qui les reçoive soit Wyatt ou un des combattants qui travaillaient pour Craig, Finn s'en fichait un peu.

Il passa un doigt autour de son col boutonné trop serré, en maudissant la cravate noire en soie qui était en train de l'étouffer. Le costume qu'il portait était parfaitement taillé, mais pour l'instant, il le rendait surtout claustrophobique. La panique se répandait dans ses veines, et il se tourna abruptement vers Wyatt.

« Il faut qu'on parte. »

Wyatt fit la moue et secoua la tête. Il passa la main dans son costume et en sortit une fine flasque argentée. Il but une gorgée, puis la tendit à Finn, qui secoua la tête.

« J'ai besoin de garder les idées claires. On peut encore se sortir de là, » ajouta Finn.

Le regard de Wyatt passa sur les trois gardes Berserkers qui restaient à proximité pour épier tout ce qu'ils faisaient. Lars Craig s'était attendu à ce que Wyatt change d'avis à la dernière minute, et il avait bien eu raison.

« Si on essaye de partir, on est mort, annonça platement Wyatt.

— Alors pourquoi est-ce que tu es venu ici ? Pourquoi est-ce que tu m'as emmené avec toi ? » renâcla Finn.

Lorsque Wyatt haussa les épaules et reprit une gorgée d'alcool, Finn leva la main et donna un coup dans la flasque. Elle tomba à terre en répandant du liquide ambré.

Wyatt fronça les sourcils.

« T'es un imbécile, » dit-il à Finn.

« Je... C'est moi, l'imbécile ? Tu te fous de ma gueule, sérieusement ? Tu m'as emmené au beau milieu de la putain de cambrousse, avec ces... »

Finn s'interrompit et jeta un œil au jardin. Il y avait presque soixante Berserkers sur le terrain de Lars Craig, regroupés autour de chaises pliantes blanches et d'un « autel » construit à la hâte, un treillage en arc dont la peinture encore fraîche miroitait.

« Attention à ce que tu dis, le prévint Wyatt.

— On est déjà des hommes morts, alors quelle importance ? demanda Finn.

— Pas si on joue le jeu.

— On ? Tu continues de dire ça, *on*. Tu me traînes

jusqu'ici en me disant que si je n'accepte pas de prendre la fille de Craig comme partenaire, on va se faire butter et qu'on sera enterré entre deux putains d'arbres.

— C'est ce *on* dont je parle, oui, fit Wyatt avec un petit rire.

— Je devrais juste te tuer et essayer de m'enfuir alors, c'est ça ? » demanda Finn.

Ses poings se fermèrent, et il pouvait sentir son ours s'éveiller, griffer et mordre à l'intérieur de lui pour qu'on le libère. S'il se transformait, tout le monde le ferait aussi. Peut-être que dans la mêlée, il pourrait s'échapper...

« Tu me laisserais ici, à affronter mon destin ? » dit Wyatt en adressant un regard curieux à Finn. Sans émotion ni jugement, une simple question.

Finn le regarda pendant un long moment. Non, bien sûr qu'il ne ferait pas ça. Finn était trop loyal pour laisser Wyatt ici, même s'il était dans un merdier dont il était le seul responsable.

« C'est bien ce que je pensais, reprit Wyatt.

— Tu ne peux pas me forcer à faire ça, Wy. Il faut que tu règles tes propres dettes, » protesta Finn en attrapant son frère par le coude.

Wyatt le fit lâcher en secouant le bras.

« Non. Je préfèrerais qu'ils me tuent plutôt que de prendre la fille de Craig comme partenaire, affirma-t-il d'un air grave.

— Et moi avec toi ? Tu ne peux pas être sérieux. Si c'est le cas, tu es fou.

— Je sais ce que je dis. Alors, soit tu la prends comme partenaire, soit tu ne le fais pas. Soit tu nous sauves tous les deux, soit tu ne nous sauves pas. »

Finn sut, sans l'ombre d'un doute, que Wyatt disait la

vérité. Il préférerait vraiment mourir plutôt que de prendre une partenaire.

« T'es qu'un immonde connard, » cracha Finn en se tournant pour examiner de nouveau la foule. Les invités au mariage regardaient Finn et Wyatt avec avidité. Finn s'imaginait bien que la moitié d'entre eux espérait que les Beran tenteraient de s'enfuir, ce qui résulterait en une chasse mortelle. Les Berserkers, après tout, restaient des ours. C'étaient des prédateurs dans l'âme. Surtout le clan Craig. De ce que Finn avait vu jusque-là, c'étaient tous des grands malades.

Wyatt se tourna vers Finn, avec, sur le visage, ce qui ressemblait à un soupçon de remords.

« C'est une fille bien, Finn. Nora mérite bien mieux que moi. Et toi... tu mérites mieux que de rester dans l'ombre de Noah. Je sais que tu ne le vois pas pour l'instant, mais c'est la meilleure solution pour tout le monde. »

Finn se tourna vers son frère, en luttant pour repousser la rage qu'il sentait gronder au fond de ses entrailles. Il remarqua les cernes profonds sous les yeux de Wyatt, le fait qu'il avait perdu un peu de poids, et combien il avait l'air *fatigué*. Wyatt était un puit inextinguible d'énergie, d'ordinaire, surtout s'il pouvait tourmenter quelqu'un ou le mettre dans la panade.

« Wyatt... est-ce que tu es mêlé à quelque chose de dangereux, mec ? » demanda Finn.

Wyatt le regarda pour le jauger. L'espace d'un instant, Finn pensa que Wyatt allait lui donner les détails, mais son frère secoua la tête.

« Je ne peux rien te dire de plus. Est-ce que tu vas le faire ou pas ? » demanda-t-il.

Finn voulait se rebeller contre lui, refuser de payer la

dette de Wyatt, mais quelque chose dans l'expression de son frère le retint. Wyatt avait l'air... effrayé. Pour la toute première fois, la confiance démesurée et l'amusement étaient partis, remplacés par quelque chose que Finn ne pouvait définir. Un genre de fragilité, presque.

« Toi et moi, on va devoir parler et vite, répondit Finn. Tu ne repars pas directement après ça, c'est compris ? »

Finn fut choqué lorsque Wyatt se tourna vers lui et l'attira dans ses bras, dans une étreinte serrée.

« Merci, » dit Wyatt avec douceur, avant de relâcher Finn.

Finn ouvrit la bouche pour insister, pour que Wyatt lui dise tout, mais son grand frère causeur de troubles levait déjà la main pour faire signe à Lars Craig.

Finn déglutit, en comprenant qu'il venait d'accepter un marché qui allait tenir tout le reste de sa vie. Tout ça pour... quoi, un service ? Pour sortir Wyatt de la panade ? L'amertume lui écrasait la gorge. Néanmoins, quand Wyatt lui attrapa le bras pour l'emmener vers l'autel, Finn ne résista pas.

Deux femmes âgées remontèrent l'allée en premier, en face de Wyatt et de Finn, avec assez de place entre elles deux pour l'Alpha du clan... et l'épouse à venir de Finn. La colère pulsait dans ses veines, emplissait son torse, lui faisait un nœud dans la gorge. Il ne pouvait rien faire d'autre que de rester là, à attendre, tandis qu'un enregistrement de violon se faisait entendre, craché par une enceinte bon marché à côté de la maison de l'Alpha.

Deux des hommes de Craig remontèrent ensuite l'allée, allant chacun d'un côté lorsqu'ils arrivèrent au bout, de part et d'autre des « parties à marier », l'un près des femmes et l'autre près de Wyatt. Les hommes de main regardaient tous deux Finn et Wyatt, les mettant au défi de faire ne serait-ce qu'un pas pour s'éloigner de l'autel.

Finn soupira, mais son attention fut captivée par l'approche de sa partenaire supposée. La foule, qui avait été très bruyante jusque-là, fit le silence complet. Lars Craig avait une carrure imposante dans son costume noir, avec ses cheveux argentés coiffés en arrière. Il avait une main passée autour du bras d'une femme aux cheveux noirs très petite, qui portait une robe blanche magnifique ; même de là où il était, Finn pouvait voir que les doigts de l'Alpha s'enfonçaient dans la peau de son bras à travers la manche. Il contrôlait chacun de ses pas, même si apparemment, il semblait vouloir cacher le fait que sa fille n'était pas consentante.

Finn retourna son attention à la fille. Elle était jeune, peut-être une petite vingtaine. Même si elle paraissait mal à l'aise, sa démarche assurée ne faiblit pas lorsqu'elle remonta l'allée. La robe qu'elle portait était en satin couleur ivoire avec des perles cousues de manière complexe au tissu, ce qui rappela à Finn le genre de tenue qu'une star des années 1920 aurait pu porter à l'écran. Ça lui allait bien, en un sens ; ses cheveux noirs qui lui arrivaient au menton, ses lèvres rouge sombre et sa peau pâle, tout rappelait la mode garçonne.

Mais pas sa silhouette, néanmoins. Elle était très petite, elle n'arrivait probablement qu'au torse de Finn, et ses courbes étaient intenses. Là où sa taille était fine, ses hanches et sa poitrine inspiraient l'émerveillement. Quelque chose s'agita au fond de Finn, ce qui le surprit. Il sortait d'ordinaire avec des femmes grandes et fines, mais quelque chose chez cette fille l'intriguait.

En quelques battements de cœur, elle s'avança jusqu'à

l'autel, en se débarrassant silencieusement de l'escorte de son père. Elle s'arrêta à un pas de Finn, et il vit ses lèvres s'amincir lorsque son père la poussa subtilement un peu plus près de son futur partenaire. Elle tourna son visage vers Finn, et il fut surpris du bleu magnifique de ses yeux, si léger et si argenté qu'il semblait presque prendre une teinte lilas. Elle avait aussi un parfum extraordinaire, avec des notes profondes de jasmin et de musc qui parvenaient au nez de Finn même à cette distance. Elle regarda le visage de Finn, puis passa à Wyatt, et ses sourcils se froncèrent de confusion. Elle se mordilla la lèvre en se concentrant de nouveau sur Finn, les joues rosies.

À cet instant, Finn comprit qu'elle s'était attendue à ce que Wyatt soit à sa place. Le papillonnement grandissant de son estomac s'estompa immédiatement, et il sentit une étrange sensation de déception l'envahir. Il prenait une étrangère pour partenaire, et non seulement elle ne voulait pas de lui... elle voulait de son frère.

Finn essaya de s'empêcher de grimacer et laissa son regard tomber sur ses pieds. Il n'écouta Lars Craig débuter la cérémonie qu'à moitié. D'ordinaire, un Alpha prenait du temps, parlait à son clan et à tous les invités présents, ou essayait même de faire un peu d'humour. Craig ne fit rien de tout ça ; ses mots étaient tendus et comptés, le strict minimum pour rendre l'union légale. Craig se contenta de poser une main sur l'épaule de Finn et de la jeune femme, et les fit se tourner l'un vers l'autre tout en récitant les mots anciens de la cérémonie.

Quand ce fut à son tour de parler, Finn suivit les mots de Craig. Pendant un instant, il bégaya, incapable de se rappeler du nom de la fille. Son erreur était évidente, et il se sentit scruté par ce regard couleur lavande. Ces yeux ne l'accusaient pas à proprement parler, mais il était évident qu'elle était déçue. Nora, se rappela-t-il, en posant les yeux sur son visage en forme de cœur.

« Je prends Nora pour partenaire, » balbutia-t-il, à peine capable de comprendre les mots qu'il prononçait.

Il regarda sa partenaire en devenir, en espérant à moitié qu'elle se dédierait, qu'elle les sauverait tous les deux sans condamner Finn et Wyatt. Mais il allait être déçu.

« Je prends… » Elle s'arrêta, l'espace d'un battement de cœur. Finn eut pitié d'elle, puisqu'il venait presque de faire la même erreur. Il se pencha et lui murmura son nom pour l'aider. Elle leva la main à ses lèvres, se racla la gorge, et Finn vit que ses doigts tremblaient.

« Je prends Finn pour partenaire, » dit Nora, les cils orientés vers le sol pour cacher ses yeux.

L'Alpha se pencha et saisit leurs mains pour les joindre. Nora ne bougea pas, mais ses doigts tremblaient violemment contre ceux de Finn.

« Ils ont parlé, et leur union est complète. Nora Craig est Nora Beran, du clan Beran. » Lars Craig se tourna vers Finn. « Beran, emmène ta partenaire chez elle. »

Finn ouvrit la bouche, sans savoir quoi répondre. Apparemment, ça n'avait que peu d'importance, puisque l'Alpha s'éloignait déjà le long de l'allée. Les membres du clan Craig semblaient un peu surpris, mais ils suivirent son exemple, en se levant pour retourner à l'intérieur de la maison.

« Je… Est-ce qu'on mange maintenant, ou un truc dans le genre ? » demanda Finn, confus. Nora leva les yeux sur lui et, de nouveau, il fut surpris par leur couleur singulière. Il relâcha sa main, en espérant être courtois.

« Il n'y a pas de banquet. Mes valises seront devant la maison, » ajouta Nora, la voix neutre et sans émotions. Elle tourna les talons et s'éloigna en direction de la porte d'entrée.

Finn se tourna vers Wyatt, qui haussa les épaules.

« Elle va s'habituer à toi, dit Wyatt.

— Et maintenant ? On... On retourne en ville avec elle ? demanda Finn, dépassé et éberlué.

— En fait... J'ai besoin de rester ici. J'ai besoin de finir la dernière partie du marché. C'est un peu pressé, ajouta Wyatt.

— Et qu'est-ce que je suis censé faire, moi, alors ? demanda Finn, excédé.

— Prends les clefs de la voiture. Retourne à la ferme. Je m'arrangerai pour revenir par mes propres moyens, » dit Wyatt en tirant les clefs de sa poche et en lui lançant. Finn les attrapa, et regarda en silence son frère se diriger vers la maison.

Il déglutit, perdu et sous le choc, et se tourna vers la silhouette lointaine de Nora qui disparut derrière la maison. Que Wyatt soit un connard fini n'était plus important, maintenant. Le fait que Finn soit totalement et parfaitement baisé... eh bien, c'était aussi de l'histoire ancienne, maintenant.

La vérité au fond était que peu importait ce que Finn ressentait ou ce que Wyatt faisait, il avait des choses plus importantes à faire. En particulier, suivre Nora et s'occuper de ses besoins immédiats. Elle était sa responsabilité, désormais, en tant que partenaire.

Partenaire. Finn réprima le frisson qui passa dans son dos et se secoua. Il fit le tour de la maison par le côté, et arriva devant l'entrée, où il trouva Nora, à côté de sa voiture. Deux Berserkers imposants amenaient ses affaires à côté du coffre, sans parler ni même adresser un regard à Nora.

Elle se tourna vers Finn, et il sentit son estomac se contracter en voyant son expression. La peur et l'incertitude étaient évidentes, et il y avait aussi quelque chose de pire, de la résignation, peut-être. Finn ne pouvait pas lui en vouloir, néanmoins. Est-ce qu'il ne se sentait pas exactement pareil ? De savoir que sa nouvelle partenaire s'était attendue et voulait Wyatt et qu'elle ait dû se contenter de Finn, ça les décevait tous les deux.

Finn fit jouer les clefs de la voiture dans sa main en rejoignant sa mariée, en se demandant ce qu'il devait faire, maintenant. Nora était debout, à regarder les bagages à côté de ses pieds, les yeux secs et la bouche en une ligne pincée.

« Tu as besoin de faire tes adieux ? » demanda Finn.

Elle leva les yeux sur lui, et il lut de la colère dans ces prunelles lavande. Ils avaient à peine échangé quelques mots, mais ça le rassurait de voir qu'au moins, elle semblait intelligente, avec des émotions complexes. Son attitude détachée semblait cacher une montagne d'autres sentiments, que Finn ne pouvait pas encore deviner. Mais il pensait bien qu'il les découvrirait sous peu.

« Non, répondit-elle simplement. Je veux partir d'ici. Je ne reviendrai jamais. »

Finn ne fit pas de commentaire, se contentant d'acquiescer. Il ouvrit le coffre et chargea ses affaires, éberlué par le fait que toute une vie pouvait tenir dans un coffre à vêtements, deux grandes valises, et quelques sacs en toile. Et un sac à main, nota-t-il, en voyant le sac en cuir noir qu'elle tenait entre ses mains comme pour y trouver du soutien.

« D'accord. Donne-moi une minute, le temps que je passe un appel, et après ça, on part. Mais où, je ne sais pas, » ajouta-t-il en soupirant. Il déverrouilla l'habitacle, puis sortit son téléphone.

Il essaya d'abord de joindre Noah, mais sans succès. Son frère faisait probablement du sport, un des rituels qu'il faisait tous les samedis. Alors, Finn appela Charlotte, et lorsqu'elle répondit, il sentit le premier fragment d'espoir franchir la brume épaisse d'une situation désespérée.

« Charlotte ?

— Finn, tout va bien ? Ça n'a pas l'air d'aller, répondit-elle immédiatement.

— Oui, je... Enfin, non. J'ai un... problème, » reprit Finn, le regard passant sur Nora. Sa partenaire cilla, l'expression indifférente, puis se tourna pour ouvrir la porte côté passager et monter dans la voiture en fermant derrière elle.

« Ça ne me dit rien qui vaille, » ajouta Charlotte.

Finn ferma le coffre et s'appuya contre la voiture.

« Oui. Je ne peux pas te donner tous les détails pour l'instant, en particulier parce que je ne sais pas vraiment ce qu'il vient de se passer mais... Je vais avoir besoin d'un peu d'aide. Vous pouvez passer à la ferme, plus tard ?

— Bien sûr. On peut faire un dîner un peu tôt, vers dix-huit heures ? demanda Charlotte.

— Ça serait super, répondit Finn, soulagé. C'est que... Wyatt a vraiment pété une durite cette fois, Char. Il m'a conduit jusque sur la propriété du clan de Lars, et il m'a fait avancer dans le jardin. Et puis d'un coup, j'étais dans une cérémonie d'union...

— Pardon ? Wyatt a pris une partenaire ? demanda Charlotte, la voix rendue aigüe par la surprise.

— Non, répondit Finn avec un rire triste. Mais moi si, apparemment. »

Le silence venant de Charlotte était assourdissant.

« Je vais le tuer, » articula-t-elle. Finn pouvait visualiser son expression, la colère qui rendait ses joues rouges, les yeux brillants de furie.

« On peut en discuter, oui, répondit Finn, en essayant d'alléger la tension. Mais je ne m'inquiète pas pour Wyatt.

Ma nouvelle... hum, partenaire... Je ne sais pas. Je pense que je vais avoir besoin d'aide.

— On est assez loin, vers le Mount Hound. On ne pensait pas venir te voir aujourd'hui, alors on s'est pris une chambre à un *Bed and Breakfast*, expliqua Charlotte. Je vais voir si je peux les appeler pour annuler notre réservation. »

Finn réfléchit un instant.

« Non, n'annule rien. Le problème sera toujours là, demain.

— Finn, la situation est plus importante qu'un rencard entre ton frère et moi.

— Plus j'y pense, plus je me dis que j'ai besoin de passer du temps à parler avec Nora avant de trouver des solutions. Ça sera plus simple de le faire, si je suis seul avec elle.

— Elle s'appelle Nora ? demanda Charlotte.

— La seule et l'unique, ajouta Finn avec un soupir.

— Tu es certain que tu ne veux pas qu'on vienne ? Ça serait un peu tard, mais on peut arriver à ta ferme ce soir.

— Oui, sûr et certain. Il y a beaucoup de choses prévues à la ferme aujourd'hui, je ne suis même pas sûr d'y rentrer moi-même ce soir. Je ne veux pas qu'elle ait l'impression qu'elle doive sauter dans mon lit, simplement parce qu'on a eu une cérémonie surprise aujourd'hui.

— Tu es vraiment un gentleman, Finn.

— Eh bien... Je suis assez sûr qu'elle s'attendait à rentrer chez Wyatt aujourd'hui, alors je ne voudrais pas la décevoir encore plus. »

Charlotte resta silencieuse un instant.

« Cette fille ne connaît pas sa chance, Finn. Tu es cent fois l'homme qu'est Wyatt. J'espère que tu le sais.

— Le cœur a des raisons que la raison ignore. Je doute que l'homme que je suis importe beaucoup pour elle.

— On va trouver des solutions, Finn, je te le promets.

Oh, attends, juste un instant. » La voix de Charlotte fut lointaine pendant un moment, comme si elle avait recouvert le micro de la main. « Je viens d'expliquer la situation à Noah. Il est d'accord pour qu'on revienne demain, et qu'on aille directement à la maison pour venir te voir.

— Merci, Charlotte, » dit Finn, en sentant sa gorge se serrer d'émotion. C'était vraiment une personne exceptionnelle, et Finn avait de la chance que ce soit sa belle-sœur.

« On est une famille, » ajouta Charlotte.

Ils se dirent au revoir, et Finn se retrouva à regarder son téléphone, fixement. Pour ce qui semblait être la centième fois dans l'heure, il se secoua de son choc. Il grimpa dans la voiture à côté de Nora et claqua la portière. Cette action lui parut très définitive.

« Mon frère et sa partenaire viendront dîner plus tard, pour nous aider à démêler tout ça. On a un peu de temps avant ça, pour... discuter... » dit Finn. Un rire sortit de son torse devant l'absurdité de ses propres mots.

« D'accord, » répondit Nora. Elle semblait totalement renfermée, comme immunisée contre la surprise. Finn connaissait ce sentiment.

« Hé, » dit-il en tendant le bras pour lui toucher le coude. Elle sursauta et tourna son regard vers lui.

« Désolée, je... » commença-t-elle, mais il pouvait entendre le vide de sa voix. Il avait besoin de l'éloigner de cette maison et trouver un endroit plus neutre pour qu'ils puissent discuter.

« Tu as faim ? Je suis affamé, » dit Finn.

La lèvre inférieure de Nora trembla, un signe évident que sa façade forte s'effondrait à toute allure. Elle acquiesça, les yeux rendus lumineux par des larmes contenues.

« Est-ce qu'il y a un bon endroit pour manger, dans le coin ? demanda Finn.

—Il y a un restaurant en ville que j'aime bien, répondit-elle. À vingt minutes d'ici, à peu près.

— Très bien. Je pense que c'est un bon point de départ. Dis-moi où aller, c'est tout, » ordonna Finn.

Finn manœuvra la voiture et s'éloigna de l'allée, les emmenant tous les deux vers un avenir nouveau et incertain.

4

Nora dût se forcer à respirer normalement lorsque Finn approcha du Café Luna, un restaurant d'Eugene qu'elle avait l'habitude de fréquenter. Quand sa vie sur les terres Craig devenait trop étouffante, elle prenait souvent son ordinateur portable et un livre avant de se rendre au Café Luna. Elle adorait leurs horaires tardifs et leurs cafés latte crémeux. Le fait qu'ils proposent leur petit-déjeuner à toute heure du jour et de la nuit ne faisait pas de mal non plus.

Finn ne parla pas beaucoup pendant le trajet, à part pour lui demander où tourner, et Nora ne se précipita pas pour briser le silence. Plus que tout, elle voulait arrêter le temps pendant un long moment, pour pouvoir se tourner et vraiment examiner Finn de la tête aux pieds. C'était un parfait inconnu, cet homme qui était désormais son partenaire pour l'éternité, et elle voulait plus de lui que cette impression vague qu'il ressemblait à son frère, Wyatt.

En songeant à Wyatt, elle sentit ses lèvres se pincer en moue désapprobatrice. Ce salaud avait commencé toute cette histoire, en impliquant Nora dans des histoires obscures de marché entre lui et le clan Craig. Et puis, il avait eu le culot de se retirer du marché. Nora n'en avait pas vraiment grand-chose à faire ; elle se contrefichait de Wyatt. Ses sourires lascifs et sa manière de parler onctueuse lui donnaient la chair de poule.

C'était plutôt que Nora était du genre à toujours honorer ses promesses, à la fois à la lettre et dans l'esprit. Wyatt avait déshonoré un marché qu'il avait lui-même établi. Pire encore, il l'avait faite passer pour une idiote, encore pire qu'avant. Elle s'était avancée vers l'autel les yeux fixés sur le sol, et ce n'est que lorsqu'elle avait relevé le regard qu'elle s'était rendu compte qu'un étranger se trouvait à la place de Wyatt.

Que Finn soit beau importait peu ; Wyatt était beau comme un diable, et il avait la personnalité qui allait avec. La confusion et l'anxiété sur le visage de Finn avaient été les seules choses qui avaient empêchées Nora de crier au scandale devant tout son clan, de soulever les pans de sa robe et de s'enfuir en courant. Enfin… ça, et la promesse qu'elle avait faite à son père. Et les menaces de Lesley.

D'accord, les raisons qui avaient amené Nora jusque-là étaient complexes.

« C'est ici ? » La voix de Finn fit sortir Nora de ses pensées avec un sursaut.

Elle leva les yeux et vit qu'ils étaient garés devant le Café Luna, et que Finn la regardait comme si elle était à moitié stupide.

« Oh, oui. Désolée, » marmonna-t-elle tout en attrapant son sac à main. Finn retira sa veste de costume et enleva sa cravate, avant de déboutonner deux boutons de sa chemise, découvrant quelques centimètres d'un torse bronzé et lisse.

Tandis que Nora essayait encore de se faire à ce petit spectacle, Finn sortit de la voiture et en fit rapidement le tour pour lui ouvrir la portière et l'aider à descendre. Elle regarda sa main avant d'accepter son aide, perturbée. Elle le laissa la tirer de la voiture et refermer derrière elle. Elle se dirigea vers la porte d'entrée du café, et manqua de rire en voyant l'expression insultée de Finn lorsqu'elle ouvrit la porte toute seule.

« Un vrai gentleman, c'est ça ? » demanda-t-elle. Elle regretta le ton dur qu'elle avait employé instantanément, mais Finn ne sembla pas le prendre pour une insulte.

« Ma mère nous a bien éduqués, répondit-il avec un regard calme. Wyatt est l'exception. »

Nora ne répondit pas, mais elle acquiesça en-dedans. Elle laissa Finn prendre les devants pour leur trouver une table, ce qui était assez simple vu qu'il n'y avait que deux autres clients dans tout l'établissement. Elle se laissa glisser sur la banquette, posa son sac à main à côté d'elle, et saisit deux menus.

Elle jeta un coup d'œil à Finn, puis lui en passa un. Avant qu'il ne puisse parler, la serveuse arriva, une matrone de peut-être soixante ans, avec toute la gentillesse d'un putois affichée sur le visage. Heureusement, Nora connaissait plutôt bien Sissy maintenant. Elle avait une apparence qui rebutait les gens, mais elle à l'intérieur s'était un chamallow. Le fait que Nora et Sissy aient passé des heures à parler d'histoires d'amour, de pédicures et de célébrités aidait aussi à renforcer son affection. Son uniforme amidonné de serveuse ne le laissait pas paraître, mais Sissy était féminine, et aimait parler hommes et fringues.

Nora lui adressa un grand sourire en la voyant arriver à leur table.

« Salut, ma fille, » grogna Sissy pour l'accueillir. Son regard passa rapidement à Finn. « Tu as amené de la compagnie.

— Oui. Euh, Sissy, je te présente Finn, ajouta Nora.

— B'jour, » dit Sissy en laissant son regard passer sur Finn, lentement, de haut en bas, de sorte que Finn ne pouvait pas le manquer. Il se racla la gorge et inclina la tête, le regard plissé.

« Un truc à boire ? demanda Sissy, en se retournant vers Nora.

— Euh... tu aimes les expressos ? demanda Nora à Finn.

— Oui... » répondit Finn. Ses yeux passaient sur le restaurant autour d'eux, pour s'en faire une idée. Il avait l'air sceptique à l'idée que le Café Luna puisse proposer du café digne de ce nom, et encore moins quelque chose d'aussi élaboré que des expressos.

« La machine à café est à l'arrière, le citadin, souffla Sissy.

— Ils font un excellent latte, affirma Nora.

— D'accord, je vais en prendre un. Avec un verre d'eau et du miel sur le côté, si possible ? demanda Finn avec espoir.

— Je prendrai la même chose, s'il te plaît, Sissy, » ajouta Nora.

Sissy jeta un regard désapprobateur à Finn et se dirigea derrière le bar à grandes enjambées.

« Ne t'inquiète pas, ce n'est pas elle qui fait le café. C'est le fils du propriétaire qui fait barista pour le restaurant, » informa Nora.

L'air sceptique de Finn demeura, mais il ne répondit pas. Il baissa les yeux sur le menu plastifié d'une page qu'il tenait entre les mains et garda ses pensées pour lui. Nora regarda aussi son menu, mais elle n'en avait pas besoin. Elle prenait la même chose à chaque fois qu'elle venait ici. Sissy connaissait sa commande par cœur.

« Ils font de très bonnes omelettes, » dit Nora, en remarquant le froncement de sourcils de Finn devant le menu. Il lui jeta un regard rapide et acquiesça, avant de reprendre son examen minutieux de la petite feuille plastifiée.

Nora profita de cette distraction pour l'examiner. Finn était d'une beauté frappante et classique. Il était incroyablement grand, bien plus qu'un mètre quatre-vingts, avec des épaules larges et des hanches musclées. Chaque centimètre de son corps semblait parfaitement entraîné, bien au-delà de la simple génétique Berserker. Finn avait dû travailler pour obtenir ce corps.

Nora passa en revue ces pommettes hautes et cette mâchoire carrée, artistiquement parsemée d'un chaume de barbe sombre. Sa bouche était pleine et expressive, son nez était fièrement convexe, et ses sourcils étaient deux traits noirs épais qui servaient à mettre en avant ses yeux. Et oh, ces yeux... Ils étaient de la même teinte azur que celle de Wyatt, d'un turquoise perçant qui rendait la bouche de Nora sèche, mais les siens étaient adoucis par des plis de rire. La froideur glacée du regard de Wyatt était plus tempérée chez Finn, plus humaine.

« Tu es le plus âgé ? » demanda Nora d'un coup, avant même de se rendre compte qu'elle parlait.

Finn arqua un sourcil devant sa question soudaine, mais se contenta de secouer la tête.

« Je suis le plus jeune de la fratrie. Wyatt est le deuxième plus âgé. Il me devance de plusieurs années. » ajouta Finn, en regardant le visage de Nora un instant.

Elle rougit et acquiesça. Lorsqu'elle ne répondit pas, il retourna son attention vers le menu. Si Finn n'était pas plus âgé, alors, c'était vraiment le caractère de Wyatt qui le mettait à part. Wyatt n'avait vraiment pas l'air du genre à pouvoir sourire naturellement. Ni du genre à être heureux en général, à vrai dire. C'était une des choses que Nora n'aimait pas chez lui, le fait qu'il était aussi agressif dans son malheur, et qu'il était apparemment satisfait de le rester.

Sissy revint avec leurs cafés et de l'eau avec des glaçons, ainsi qu'un flacon en plastique en forme d'ours qui contenait du miel, que la serveuse posa en face de Finn avec un regard désapprobateur.

« Très bien, dit-elle à Nora. Omelette aux champignons et au gruyère, avec frites croquantes sur le côté, toast aux raisins secs et miel. C'est bien ça ? »

Nora acquiesça lentement, en grimaçant intérieurement. Sa commande devait sûrement avoir l'air excessive. Elle n'était pas exactement fine, comme Lesley aimait lui rappeler, et la quantité de nourriture expliquait directement pourquoi. Elle jeta un regard à Finn pour jauger sa réaction.

« Ça m'a l'air délicieux, fit-il en jetant le menu sur la table. Je vais prendre la même chose.

— Hummm, » marmonna Sissy, en lui adressant un regard suspicieux. Elle ramassa les menus et s'en alla d'un pas pressé.

« Elle est charmante, dit Finn avec humour en la voyant fuir vers la cuisine.

— Elle est très sympa, en vrai. C'est simplement qu'elle a eu de mauvais épisodes avec les hommes, » ajouta Nora. Elle ressentait le besoin de défendre la femme grincheuse qui était devenue son amie. La seule amie de Nora dans tout Eugene, d'ailleurs. Lorsque Nora avait quitté Seattle pour retourner sur le domaine de son père, elle avait laissé derrière elle tout son cercle social, des dizaines d'amis et un petit ami humain que Nora avait appris à vraiment apprécier.

« Je ne voulais vexer personne, » répondit rapidement Finn.

Nora leva les yeux, et leurs regards se croisèrent,

restèrent fichés l'un dans l'autre pendant de longs instants. Le malaise était presque palpable entre eux. C'est Nora qui baissa les yeux la première.

« C'est terrible, non ? demanda-t-elle en se mordillant la lèvre.

— C'est un peu gênant, » admit Finn. Il posa ses grandes mains sur la table, et Nora fut émerveillée par leur taille. Elle copia son mouvement, et remarqua comme ses mains avaient l'air minuscules, en comparaison.

« Je suis désolée que ça te soit arrivé, » dit Nora, en gardant les yeux sur la table.

Le silence de Finn attira son attention, après un moment. Il avait les yeux posés sur elle, et une centaine d'émotions indécelables parcouraient son visage. Nora, désespérément, aurait aimé le connaître suffisamment pour en interpréter au moins quelques-unes.

« Nora, je sais... Je sais qu'on est dans une mauvaise situation. Je veux dire... » Finn marqua une pause, luttant clairement pour trouver les mots. « On nous a jetés ensemble, et nos attentes... »

Il s'arrêta et inspira un grand coup.

« On est tellement dans la merde, » conclut Nora. Elle sourit devant le ridicule de toute cette situation, et Finn l'imita. Son sourire illuminait tout son visage, le faisant passer de beau à magnifique, et Nora sentit son cœur manquer un battement. Elle eut un petit rire, et avant qu'elle ait le temps de s'en rendre compte, ils hurlaient tous les deux de rire, incapables de se contenir.

La tension s'échappa de l'âme de Nora. Pour la première fois depuis des jours, elle ressentit un soupçon d'espoir. À l'évidence, Finn n'était pas son frère, il ne ressemblait même pas de loin à ce salaud de Wyatt. Il ne s'était pas comporté immédiatement comme un connard ; en fait, il avait même été charmant et courtois, jusque-là. Le monde de Nora tournoyait autour d'elle, mais peut-être que lorsqu'il s'arrêterait enfin, ça ne serait pas aussi terrible qu'elle l'avait d'abord pensé.

« D'accord, d'accord, dit Finn lorsque son fou-rire se calma. Je suppose que la première étape, c'est de... commencer à se connaître un peu mieux, tous les deux. »

Nora hocha la tête et prit une longue gorgée de son café. Finn imita son mouvement et goûta à la boisson. La surprise étira ses traits.

« C'est bon, dit-il, tout en prenant le miel pour en mettre une cuillère dans le café, avant de le mélanger.

— Oui. Le café est très important pour moi, dit Nora.

— Eh bien, voilà. On a une chose en commun. Comme dans cette chanson, *Breakfast at Tiffany's*. Tu la connais ?

— Oui, évidemment. Sans vouloir te vexer, elle n'est pas terrible, avoua Nora avec un sourire.

— Mais elle correspond à la situation, malheureusement, » dit Finn.

Sissy arriva avec leurs plats, et les déposa avec un silence de tempête. Ils mangèrent et discutèrent, en parlant de leurs familles.

« Mon père est la seule famille qu'il me reste, dit Nora en croquant dans son toast aux raisins secs tartiné de miel. Ma mère est morte il y a des années, et j'ai déménagé à Seattle quand j'avais dix-sept ans. Quand je suis revenue, mon père avait pris une partenaire, et elle est encore plus jeune que moi.

— Tu as quel âge ? demanda Finn, curieux.

— Vingt-cinq ans.

— J'en ai vingt-sept, dit Finn. Puisqu'on est censés apprendre à se connaître. Mais, il faut que je te demande... Ton père et toi, vous n'avez pas vraiment l'air très proches.

Tu m'as dit que tu vivais à Seattle... Alors, pourquoi tu es revenue à Eugene ?

— Ah. Bonne question, remarqua Nora en posant sa fourchette. Je t'ai dit que j'étais partie à dix-sept ans. Les choses n'allaient pas très bien à la maison, après la mort de ma mère. Le clan a eu beaucoup de malheurs à cette période, y compris en perdant le fond fiduciaire de ma mère à sa mort. Je ne m'épanouissais pas vraiment, ici. Je voulais partir, aller à l'université, m'éloigner.

— Et tu l'as fait, manifestement.

— Eh bien, avec beaucoup d'efforts. J'ai essayé de m'enfuir toute seule, plusieurs fois. À ma dernière tentative, je suis allée jusqu'à San Francisco avant que les hommes de mon père me rattrapent et me traînent à la maison. »

L'expression souriante de Finn se durcit, mais il était trop poli pour l'interrompre. Nora prit une inspiration et continua son récit.

« La raison pour laquelle mon père prenait la peine de savoir où j'étais est très simple. Je suis le seul capital qu'il ait. Je n'ai pas ni frère ni sœur, et le clan n'a pas vraiment d'argent ou de pouvoir. Il avait besoin d'avoir de quoi négocier sous le coude, et je suis tout ce qu'il a. Enfin, avait, je suppose.

— Tu parais convaincue de ses motivations, remarqua Finn, curieux.

— Il en parle sans aucun problème. Il ne m'apprécie même pas comme personne, mais il voit ma valeur pour des raisons politiques, ajouta Nora avec un haussement d'épaules. En tout cas, j'ai passé un marché avec lui. Il me laissait quitter le clan, en m'accordant une petite pension et quatre années de liberté totale. En échange, je devais rentrer à la maison quand il le demandait.

— Et tu as honoré ta part du marché ? Tu n'étais qu'une gamine quand tu avais accepté, dit Finn, les sourcils froncés.

— Honnêtement ? Au début, je comptais me barrer en Europe et aller tellement loin qu'ils ne pourraient jamais me retrouver. Mais je me suis fait des amis à Seattle, j'ai trouvé un travail, je me suis installée... Les quatre ans sont passés tellement vite, et il ne m'a pas appelée. Je m'étais presque convaincue qu'il m'avait laissé partir.

— Si c'était le cas, tu ne serais pas là, remarqua Finn.

— Non, répondit Nora avec un rire sans joie. Il a réclamé sa dette, il y a un an. Il a appelé quelques fois, et je n'ai pas répondu. Et puis, lui et ses hommes ont débarqués dans mon appartement, au milieu de la nuit. Ils m'ont tirée du lit, ils ont tabassé mon petit copain de l'époque. Ils m'ont fait faire une valise et monter dans la voiture. »

Nora passa le doigt sur le rebord de la tasse de café, les lèvres sèches et plissées.

« Nora, c'est horrible.

— J'ai été stupide de penser que ça pourrait se passer autrement. Mon père obtient toujours ce qu'il veut. Regarde-nous, dit-elle avec un signe de la main.

— C'est marrant, je pourrais dire la même chose de Wyatt, » répondit Finn. Il la regarda attentivement, et elle sentit ses yeux passer sur son visage. Elle retint les mots qui montaient dans sa gorge, ce sentiment urgent de maudire le nom de Wyatt. De son expérience, la famille pouvait insulter la famille, mais les gens à l'extérieur faisaient mieux de garder le silence.

« Voilà, c'est tout, conclut-elle. C'est mon histoire. Et toi, comment tu t'es retrouvé là ?

— Eh bien, j'ai accepté de rendre un service à Wyatt, admit Finn. Je ne savais pas exactement de quoi il s'agissait. »

Nora le regarda, la bouche ouverte.

« Tu ne savais pas... Tu n'avais aucune idée que tu allais prendre une partenaire ? demanda-t-elle, époustouflée.

— Aucune. »

L'expression sombre de Finn la perturba.

« Mais pourquoi t'as accepté, alors ? » demanda-t-elle en essayant de ne pas monter le ton.

Finn leva une main et se frotta le cou. Il avait l'air presque... gêné.

« Il y a beaucoup de facteurs à prendre en compte. Plus précisément, Wyatt m'a dit qu'on était tous les deux morts si je m'enfuyais, » dit-il.

Nora n'avait pas de réponse à ça. Il l'avait prise comme partenaire sous menace de mort ? Comment pouvait-il être assis là, à discuter et à rire ? Assurément, il devait la détester d'avoir un rôle dans toute cette histoire.

« Hé, » dit-il en tendant les doigts et en tapotant le dos de sa main. Nora leva les yeux vers lui, honteuse des larmes qui s'y accumulaient. Elle pouvait sentir le petit morceau d'espoir qu'elle avait trouvé se ratatiner sous le poids de la vérité.

« Je suis tellement désolée, Finn. Je ne savais pas, dit-elle, la lèvre tremblante.

— Et qu'est-ce que tu aurais fait ? demanda-t-il.

— Je... Je ne sais pas. Je serais partie, probablement.

— Pas facilement. Qu'est-ce que ton père aurait fait ? » exigea-t-il de savoir.

Nora hésita, en se demandant combien elle pouvait lui confier.

« Il m'aurait probablement tuée. Et ma tante Aggie. Ou peut-être qu'il nous aurait données à ses hommes. Je ne sais pas lequel aurait été pire. »

Finn eut un grondement sourd dans sa gorge, ce qui fit sursauter Nora.

« Il faut qu'on y retourne pour ta tante, » dit-il, les dents serrées.

Nora secoua la tête.

« Non. Son fils est l'un des hommes de mon père. Elle ne partira pas sans Harris, et je pense qu'il la protège de son mieux. Puisque je suis partie, elle sera de nouveau en sécurité.

— Et tu es en sécurité aussi, maintenant, dit Finn. Je te le promets. »

Nora le regarda et essuya une larme du plat de la main. Elle s'était promis de ne pas pleurer sur sa situation. À quoi bon pleurer pour quelque chose qu'on ne pouvait pas contrôler.

« J'apprécie ça, Finn. Vraiment, répondit-elle en secouant la tête. Mais c'est que... j'avais des projets avant, tu sais ? Mon père m'avait un peu parlé de Wyatt, et m'avait dit que sa résidence principale était à Seattle, qu'il serait sûrement très peu à la maison... J'ai commencé à préparer mon projet personnel, et maintenant, je dois tout recommencer. C'est tellement frustrant, d'être perpétuellement tirée à droite et à gauche. J'ai dit à mes amis que je pensais revenir. J'ai passé un entretien vidéo pour une entreprise d'architecture, pour essayer d'avoir un travail... »

L'impuissance et le doute envahirent de nouveau Nora, en détruisant le soupçon de lien qu'elle avait pu construire avec Finn jusque-là. Lorsqu'elle leva les yeux, elle vit que son visage était neutre et sans expression, mais elle pouvait dire qu'il était énervé. Elle songea que peut-être, il s'apitoyait sur son sort, mais l'instant d'après, son comportement changea du tout au tout.

« On devrait y aller, » déclara-t-il en repoussant son

assiette. Il se leva et sortit son portefeuille en laissant deux billets de vingt tomber sur la table.

« Aller où ? demanda Nora, surprise par son changement brusque.

— Est-ce qu'il y a un hôtel décent, dans le coin ? » demanda-t-il. Il avait l'air fatigué, d'un seul coup, comme s'il venait d'atteindre son seuil maximum de conneries pour la journée. Nora connaissait cette sensation et elle ne voulait pas le pousser davantage.

« Bien sûr. En bas de la rue, » répondit-elle en se levant pour le suivre à l'extérieur.

Finn ouvrit tout de même la porte pour elle, puis la fit monter dans la voiture, mais Nora remarqua qu'il faisait attention de ne pas la toucher. Clairement, elle avait dit quelque chose qui l'avait refroidi, mais elle n'arrivait pas à savoir quoi. Un silence de plomb s'installa entre eux lorsqu'ils arrivèrent devant l'hôtel, où il la laissa dans la voiture et alla réserver une chambre.

Quand il revint, Finn ouvrit le coffre.

« Il te faut quelle valise ? » demanda-t-il, en prenant soin de ne pas la regarder.

Nora en montra une du doigt, et il la sortit de la voiture. Il tourna les talons et s'en alla de nouveau vers l'hôtel. Elle le suivit jusqu'à l'ascenseur, toujours en silence. En montant dans la cabine, elle se tourna vers lui, nerveuse.

« Finn, est-ce que j'ai dit quelque chose qui t'a énervé ? demanda-t-elle.

— Rien que je ne savais déjà. » Sa réponse fusa, sèche. Son ton n'invitait pas à la discussion.

L'ascenseur tinta, et les portes coulissèrent à leur étage. La mâchoire de Finn se tendit et il descendit, en tirant la valise de Nora derrière lui dans le couloir. Il s'arrêta brusquement devant la porte 203, et Nora manqua de percuter son dos massif.

« C'est ici, pour toi. Je suis en 204, » expliqua-t-il.

Nora cilla. Finn inséra la carte de l'hôtel dans la fente de la porte et l'ouvrit avec l'épaule, la tenant pour que Nora entre. Dès qu'elle fut à l'intérieur, il alluma toutes les lumières, vérifia la salle de bain, la chambre, et le balcon. Une fois qu'il se fut assuré qu'il n'y avait personne, il souleva la valise et la posa sur le lit. Sur la table de nuit, il prit un stylo et un bloc de papier et griffonna rapidement quelque chose.

« C'est mon numéro, au cas où. Je suis la porte d'à côté, sur la droite. » Il pointa la direction du doigt, pour être sûr qu'elle ait bien compris. Lorsque Nora se contenta d'acquiescer, il parut satisfait. « Bonne nuit. »

Et d'un coup, Finn avait disparu, en refermant précautionneusement la porte derrière lui. Nora regarda la porte blanche et nue de la chambre d'hôtel pendant une bonne minute avant de se laisser couler sur le lit, la tête dans les mains.

« Mais ? murmura-t-elle. Qu'est-ce que j'ai fait ? »

La chambre vide ne lui offrit aucune réponse. Après quelques minutes, Nora se releva et éteignit les lumières, puis poussa sa valise du lit et s'allongea en s'emmitouflant dans la couverture épaisse. Elle ferma les yeux et laissa l'énormité de la journée, de sa situation, retomber sur elle.

Ce n'est qu'alors qu'elle se permit de pleurer.

5

Finn étouffa un bâillement en conduisant la voiture de location de Wyatt dans la longue allée qui menait jusqu'à sa ferme. De chaque côté de l'allée se dressaient des rangées de poteaux avec des cordes, et des plans de houblons d'un vert brillant s'accrochaient aux structures. C'était bientôt la saison de la récolte pour la ferme, et ses quatre hectares étaient une véritable jungle de végétation abondante et verdoyante. Finn jeta un œil à Nora et retint un sourire en la voyant regarder les champs d'un air ébahi.

« Ces choses font de la bière ? » demanda-t-elle, en brisant le silence qui emplissait la voiture depuis plus d'une heure. Elle ne le regarda pas, elle n'avait pas l'air intéressée par le fait d'avoir une vraie conversation avec lui, mais sa curiosité était évidente.

« Oui. Ça, c'est du Zythos. Un peu plus à l'ouest, j'ai du Mount Rainier et du Palissade. Ce sont des variétés différentes, ajouta-t-il.

— Un peu comme les pommes qui ont des noms différents en fonction de leur type, » murmura Nora, comme pour se l'expliquer.

Finn eut un rire léger en amenant la voiture jusqu'à la maison. Elle était aussi très intelligente, sa nouvelle partenaire. Même à cet instant, ce regard acéré d'améthyste étudiait la maison de ferme ancienne à un étage. Peinture blanche écaillée, toit en tôle, porche d'entrée affaissé... Finn voyait les défauts, mais il était aussi fier de cette maison. Elle était entièrement à lui, et il pouvait dire qu'elle lui appartenait.

« Elle était inclue avec la propriété, je suppose ? demanda Nora, un sourcil levé.

— Exactement, » répondit Finn, sans prendre ces mots comme une insulte. La maison avait besoin de travaux, après tout. « C'est mieux à l'intérieur. Enfin, un peu. »

Nora se contenta de hausser les épaules et de descendre de voiture, en le suivant lorsqu'il ouvrit le coffre pour tirer deux de ses valises. Elle semblait plus à l'aise, désormais ; pendant le début du trajet, elle avait eu un comportement glaçant. Même si Finn l'avait un peu mérité, c'était vrai. Il l'avait poussée trop loin, la veille. Elle avait parlé de Wyatt, et Finn avait perdu son calme.

Il la guida jusqu'au porche, s'arrêta pour déverrouiller la porte et lui fit signe d'entrer de la main. Nora passa le perron, et Finn la suivit en portant ses valises.

« Elle a un certain charme, » avoua Nora, en tournant sur elle-même pour admirer les deux pièces principales. La cuisine était sur la gauche, avec tout son équipement des années 1940 encore intact. Le salon et la salle à manger se trouvaient sur la droite, avec une table et des chaises simples, ainsi qu'un tout nouveau canapé en cuir, qui faisait partie des affaires que Finn avait rapatrié de son ancien appartement.

« Je suis là à temps plein depuis quatre mois, mais je n'ai pas vraiment encore aménagé, si tu vois ce que je veux dire, dit-il.

— J'entends beaucoup de clients dire ça, répondit Nora, songeuse.

— Clients ?

— Oui. Je fais du design intérieur, » répondit-elle, en lui adressant un bref sourire. Un petit rappel qu'ils étaient chez lui, qu'ils étaient partenaires, mais qu'ils ne se connaissaient vraiment pas.

« Ah. J'imagine qu'être aussi loin de la ville ne va pas être super, pour ça, dit Finn tout en fronçant les sourcils.

— Je songe à établir ma propre entreprise, alors ça n'a pas tellement d'importance, » éluda Nora.

Elle donnait l'impression de choisir ses mots avec beaucoup d'attention et de retenir ce qu'elle pensait qu'il ne voulait pas entendre. Finn repensa à la veille, lorsqu'elle avait dit qu'elle avait déjà planifié son travail et son avenir avec Wyatt.

Sa bonne humeur se flétrit et disparut, révélant cette pensée qui était toujours présente à son esprit, pour la centième fois ; Finn venait en deuxième place. Il avait toujours été trop dans la norme pour être comparé à Noah et à Wyatt, quand ils étaient à l'école. Quand les filles les découvraient lui et Noah, elles étaient toujours attirées par le charme et l'intensité de son frère. Wyatt dégageait un genre d'attirance différent, mais néanmoins magnétique.

Finn avait tout gâché lorsqu'il avait rencontré Charlotte et qu'il l'avait immédiatement cédée à Noah. Maintenant, il se retrouvait avec une partenaire qui s'était attendue à une vie excitante avec Wyatt. Elle n'avait que de la déception à la clef, parce que Finn et Wyatt était totalement différents.

Finn venait à peine de trouver qui il était cette année, et

il n'allait certainement pas sacrifier ça pour une autre personne. Aussi belle qu'elle soit...

Finn regarda autour de lui. Il aurait aimé pouvoir installer la chambre de Nora dans une des pièces du haut. Malheureusement, elles n'étaient pas encore finies. Soudain, Finn se rendit compte qu'il n'avait aucun endroit approprié pour lui faire poser ses valises... ou pour la faire dormir.

« Allô Finn, ici la Terre, fit Nora avec un petit rire, en agitant une main devant son visage.

— Ah, dit-il, surtout pour lui. Désolé, je viens de me rendre compte que je n'étais pas vraiment préparé à accueillir quelqu'un. »

Nora regarda autour d'elle, puis haussa les épaules.

« Ça me paraît assez propre, » répondit-elle d'un ton égal.

C'était vrai ; la cuisine peu équipée de Finn, son salon et sa salle à manger étaient presque irréprochables, niveau propreté. Ce n'était pas parce qu'il était très organisé ou maniaque, mais plutôt parce qu'il utilisait à peine ces pièces, mais Nora n'avait pas besoin de le savoir.

« Je veux dire que je n'ai pas pu faire la chambre d'amis, reprit-il. Si ça te convient, je vais te mettre dans ma chambre, pour l'instant. »

Nora lui décocha un regard acéré, et il comprit ce à quoi elle pensait.

« Hum, je dormirai dans mon bureau, » clarifia-t-il.

Elle eut un petit son inexpressif, et Finn se dit que ça irait, pour l'instant. Il la guida dans le couloir du fond, qui abritait le bureau encombré de Finn, l'unique chambre et une petite salle de bain. Il lui montra d'abord son bureau et la salle de bain, puis il laissa les valises sur son lit.

« Je vais laver les draps et tout aujourd'hui, » dit-il en la voyant se frotter le cou. Elle avait l'air tellement petite parmi ses affaires, charmante et délicate, et pourtant, étrangère à cet endroit.

« ... une visite ? »

Finn cligna des yeux et comprit que Nora lui parlait.

« De la ferme, ajouta-t-elle lentement, avec un air de questionnement dans les yeux.

— Oh. Euh... Finn regarda sa montre. Noah et Charlotte devraient arriver d'une minute à l'autre. Peut-être que tu pourras y aller dans quelques heures, si ça te convient ?

— D'accord, » répondit Nora, l'air un peu déçue.

Il fut perdu pendant une minute, sans savoir quoi faire. Heureusement, son portable bipa, et il le sortit de sa poche. C'était un message de Noah.

« Impeccable. Ils sont arrivés, » ajouta-t-il, avec un soupir de soulagement.

Finn se dirigea vers l'entrée et ouvrit la porte en grand. Charlotte était déjà à la moitié du chemin jusqu'à la maison, tandis que Noah sortait plusieurs sacs de courses en papier des sièges arrière de la voiture. Charlotte serra Finn rapidement dans ses bras, et ses grands yeux communiquaient toute la sympathie qu'elle avait pour sa situation.

Noah approcha et déposa ses sacs sur le porche, en adressant un regard dur à Finn.

« Pardon ! dit Finn, en se rendant compte de son erreur. Noah, Charlotte, je vous présente Nora. »

Nora regarda Noah avec un sourire surpris. Elle accepta une poignée de main amicale de la part des deux nouveaux venus.

« Ravie de te rencontrer, dit Charlotte avec un large sourire. Ils sont bizarres, hein ? C'est comme de regarder le même homme, mais dans deux univers différents. »

Nora rit et hocha la tête.

« Oui, je suis d'accord, acquiesça-t-elle. C'est... quelque chose. »

Finn essaya de ne pas être jaloux de la manière dont Nora examinait Noah pendant un long moment ; comme d'habitude, il ne pouvait s'empêcher de se demander comment il était, en comparaison de son jumeau.

« Ne te fais pas d'idée, plaisanta Charlotte. Noah est un homme qui ne prend qu'une femme. »

Nora rougit.

« Pas de problème, répondit-elle en levant les yeux au ciel. Un partenaire, c'est plus qu'assez, pas vrai ?

— Je suis bien d'accord, » fit Charlotte. Elle se tourna et tapota l'épaule de Noah, en riant lorsqu'elle vit son sourire en coin.

« On a amené des courses. On s'est dit que tu n'avais toujours pas de nourriture dans ton frigo, dit Noah.

— Coupable, répondit Finn, tout en se penchant en avant pour ramasser deux des sacs en papier marron.

— J'espère que du saumon pour ce midi convient à tout le monde, ajouta Charlotte. J'ai aussi amené de quoi faire des sandwiches, quand même.

— Du saumon, c'est très bien, répondit Nora à l'air interrogateur de Charlotte.

— Tu sais que je mangerais n'importe quoi, dit Finn. Il regarda Noah un long moment, en se demandant comment isoler son jumeau pour lui expliquer la situation jusque-là.

« Ah, mesdames, fit Noah, en ayant parfaitement compris l'attitude de Finn. Et si vous preniez un verre sur le porche ? Finn et moi nous occupons du déjeuner. »

Charlotte eut un sourire de connivence avec son partenaire.

« On a amené de quoi faire des limonades au gin et au basilic, s'exclama Charlotte en se précipitant pour déballer les sacs, avant de s'arrêter en se tournant vers Nora. Oh ! J'ai oublié de te demander. Tu bois ?

— Oh que oui, répondit Nora.

— Excellent ! » glapit Charlotte.

En quelques minutes, Charlotte et Nora étaient installées sur les marches du porche.

« Charlotte va lui raconter tout de la famille en quelques minutes à peine, dit Noah, en jetant un regard plein de sens vers la porte d'entrée.

— Sans aucun doute. »

Finn sortit le saumon, les pommes de terre rouge et les asperges pour commencer à préparer le repas.

« Tu vas cuisiner ce poisson ou tu vas enfin me dire ce qu'il s'est passé ? » exigea Noah en attrapant deux gousses d'ail et une planche à découper. Finn ouvrit un tiroir grinçant dans la cuisine et en sortit un couteau de chef, qu'il tendit à son jumeau.

« C'est Wyatt, qui s'est passé, dit Finn. Je vais peut-être vraiment, littéralement le tuer.

— Char est à moitié d'accord. Elle le ferait avec un sourire, je pense. Je lui ai dit qu'elle était bizarrement protectrice, » ajouta Noah. Il émniça l'ail avec le couteau, puis fit glisser les morceaux dans une petite poêle. Il ajouta un peu d'huile d'olive, et alluma la plaque de l'ancien four à gaz. En quelques instants, l'odeur délicieuse de l'ail emplit la cuisine.

« Je ne sais pas ce que je suis censé faire, mec, admit Finn. Elle a remonté cette allée en pensant prendre Wyatt comme partenaire.

— Vraiment ? Tu déconnes, fit Noah en jetant un œil par la fenêtre pour voir Nora. Peut-être que tu te trompes. Elle ne m'a pas l'air d'être une idiote absolue.

— C'est elle qui me l'a dit. Wyatt a conclu un genre de

marché à la con avec l'Alpha Craig, et Nora en faisait partie. »

Noah renifla.

« Et puis, il s'est tiré de là à pleine vitesse. Typique de Wyatt. » Noah secoua la tête. « La question, c'est pourquoi tu ne lui as pas collé un poing dans la gueule avant de partir en courant ?

— Craig nous a bien fait comprendre qu'on ne pouvait pas partir avant que la cérémonie ne soit finie. Wyatt nous a fait arriver dans ce pétrin, en sachant pertinemment que si l'un de nous deux n'acceptait pas de le faire, on était morts. »

Noah se figea, les traits assombris par la colère.

« Quel salaud. Il va prendre ce qu'il mérite. Je suis sérieux. »

Finn inspira longuement, en refusant qu'une autre vague de fureur emplisse son cœur.

« Je ne suis pas vraiment concentré sur Wyatt. Seulement, je ne... Finn grogna, frustré. Qu'est-ce que je suis censé faire avec elle, hein ? »

Noah attrapa du sel et du poivre dans le placard assez vide de Finn et assaisonna le poisson en réfléchissant.

« Tu ne peux pas y penser comme à quelque chose de temporaire, Finny. Il faut que tu la courtises, que tu essayes que ça colle. C'est la seule et unique femme pour toi, mec.

— Comment je peux faire la cour à une fille qui est amoureuse de mon connard de frère ? demanda Finn en frappant le comptoir de la main.

— Wow, wow, répondit Noah en levant une main. Je pense que tu te précipites un peu en parlant d'amour. De ce que je sais, elle et Wyatt ne se sont vus que quelques fois.

— Elle a dit qu'elle avait commencé à préparer sa vie

avec lui à Seattle. Elle cherchait du travail par là-bas, articula Finn.

— Oui, mais peut-être qu'elle essayait simplement de tirer le meilleur d'une situation désastreuse, » remarqua Noah en disposant le poisson sur une plaque de cuisson. Il se lava les mains et alluma le four.

« Il va falloir le faire à la poêle aussi. Le four ne fonctionne pas, il fait juste énormément de fumée, » le prévint Finn.

Noah leva les yeux au ciel et éteignit le four. Il fit chauffer une poêle à frire avec un peu d'huile et ajouta les pommes de terre que Finn avait découpées.

« Pour commencer, il faut que tu rafistoles ta maison, dit Noah. Aucune femme ne voudrait vivre dans un trou à rat.

— Oui, oui.

— Pense à ce que je t'ai dit. Courtise-la. lui rappela Noah.

— Elle n'arrête pas de parler de lui. Je ne pense pas qu'ils soient de simples connaissances, insista Finn.

— Je te dis que c'est une fille raisonnable, alors que Wyatt est un âne fini. Même si elle pensait qu'elle finirait avec lui dans le marché, elle se rendra compte de sa chance bien assez tôt. »

Finn souffla et jeta les pointes d'asperges dans la poêle avec l'ail, en secouant la poêle avec des mouvements fluides pour empêcher que la flamme intense ne brûle son contenu. Tout en travaillant, il retourna toute l'affaire avec Nora, encore et encore, dans son cerveau, en essayant d'en voir chaque angle. Rien ne jouait en sa faveur, autant qu'il pouvait le voir.

« Ça commence à sentir très bon, par ici, » fit Charlotte en entrant dans la cuisine. Nora la suivait, et elles s'assirent autour de la table bancale de la salle à manger.

« Tant mieux, parce que c'est prêt, » annonça Noah.

Ils mangèrent ensemble à la table de la salle à manger, en gardant la conversation légère. Charlotte emplissait les moments de pause gênants en parlant de Max, le fils qu'elle et Noah avaient adopté l'année dernière. Apparemment, Max était un vrai fan de baseball. Charlotte et Noah irradiaient presque de bonheur en parlant de leur vie de famille. Finn refoula le sentiment d'amertume qui s'immisçait en lui devant leur bonheur partagé.

« Et si on échangeait ? Nora et moi, on peut discuter en faisant la vaisselle. Attends, c'est pas malpoli de te demander de faire la vaisselle ? » demanda Noah à Nora, la tête penchée sur le côté.

Elle rit.

« Pas du tout. Je suis une pro, ajouta-t-elle en attrapant un torchon et une pile d'assiettes.

— J'ai préparé d'autres verres. Tu veux venir t'asseoir sur le porche avec moi ? demanda Charlotte à Finn.

— D'accord, » accepta-t-il avec un regard curieux.

Elle le tira à l'extérieur et lui donna un verre avant de s'asseoir avec un soupir.

« Est-ce que je vais avoir droit à une leçon ? demanda Finn.

— Pour être assez stupide d'avoir fait confiance à Wyatt ? demanda Charlotte en lui jetant un regard. Non. Je vais m'en passer. Je pense que tu es déjà au courant.

— Ha !

— Non, je voulais te dire que… je pense que tu as une opportunité devant toi. Nora est vraiment super sympa, de ce que j'ai pu en voir.

— C'est difficile à dire pour moi. On nous a juste… mis ensemble de force, pour l'instant, rétorqua Finn.

—De ce côté-là, c'est nul. Mais elle m'a l'air d'être une

personne tout à fait acceptable. Elle est intelligente, gentille, elle fait attention aux autres. Tu pourrais réussir à sortir quelque chose de positif de tout ça. »

Finn la regarda un long moment.

« Est-ce que tu vas commencer à me dire que je ne faisais pas de progrès côté femme de mon côté de toute façon ? Parce que Wyatt a déjà sorti cet argument.

— Eh bien... pas mot pour mot, répondit Charlotte avec un sourire. Mais tu sais. Tu n'as qu'une vraie chance de bien commencer, alors...

— Je dois la courtiser, soupira Finn. C'est Noah qui l'a dit, pas moi.

— Il est intelligent, mon partenaire.

— J'ai une centaine d'histoires qui disent le contraire, remarqua Finn.

— Viens là, » dit Charlotte en posant son verre sur une marche du porche.

Elle passa les bras autour des épaules de Finn en un câlin assez serré. Finn se raidit au début, mais savoir qu'elle s'inquiétait pour lui était agréable. Il lui rendit son étreinte, et la laissa se prolonger un bon moment avant de se redresser.

« Tout va bien se passer, d'accord ? dit-elle.

— Tout va se passer, c'est sûr, » répondit-il.

Tout en buvant son verre, il se demanda comment il allait faire pour s'y prendre avec Nora. Qu'est-ce qu'il savait de l'art de courtiser, de toute manière ?

6

Nora finit d'essuyer le dernier plat de leur repas et le posa proprement sur le comptoir de la cuisine avant de replier son torchon.

« Merci de ton aide, » dit Noah.

Nora le regarda et eut un léger sourire.

Regarder le jumeau de Finn était un peu perturbant. Ils étaient tellement semblables, mais, même si elle ne les connaissait pas depuis longtemps, elle voyait aussi combien ils étaient différents. Noah était beaucoup plus franc, mais il semblait aussi... plus sombre, d'une certaine manière. Les sourires de Finn étaient plus lumineux et plus fréquents, et c'était plus simple de lui parler.

Avec Noah, elle avait l'impression qu'il y avait quelque chose juste sous la surface... Peut-être qu'il lui manquait simplement la camaraderie que Nora ressentait avec Finn. En voyant la manière dont Noah se comportait avec Charlotte, Nora ne se sentait pas mal à l'aise quand il était là, mais elle ne se sentait pas non plus reliée à lui. C'était un simple étranger qui était beau.

Le portable de Noah sonna, et il se sécha les mains avant de le sortir de sa poche.

« Oh... C'est la nounou. Je dois prendre l'appel, ça concerne Max, ajouta-t-il.

— Pas de souci, » répondit Nora, écartant son inquiétude.

Noah s'éloigna dans le couloir du fond, et Nora l'entendit répondre et commencer à parler à quelqu'un de son fils. Nora voulut lui donner un peu d'intimité, et elle se dirigea vers la porte d'entrée dans l'intention de rejoindre Finn et Charlotte sur le porche. Elle s'arrêta à quelques pas de la porte et regarda à travers la vitre transparente.

Finn disait quelque chose à Charlotte à voix basse. La jolie blonde sourit et serra fort Finn dans ses bras. En les regardant, Nora sentit les poils de sa nuque et de ses bras se dresser et des alarmes se déclencher dans sa tête. Sur leurs visages, elle pouvait lire de l'adoration, et leur affection était évidente.

Plusieurs choses se mirent en place dans son esprit. Bien sûr que Finn avait été hésitant à prendre une partenaire ; il était déjà amoureux de quelqu'un d'autre, à l'évidence. Mais qu'il l'ait accepté était tout aussi logique. S'il avait des sentiments pour la partenaire de son frère, il avait pu se dire que la sélection de sa propre partenaire n'avait pas beaucoup d'importance. Ou il avait pu vouloir cacher la situation à son jumeau en prenant une partenaire, et en utilisant leur relation comme un genre de bouclier.

Nora se mordilla la lèvre. Pour ce qu'elle en savait, Finn et Charlotte pouvait très bien *toujours* être impliqués ensemble. Et Noah pouvait, ou non, être au courant. Ce n'était pas vraiment comme si Nora avait vraiment pu poser la question en arrivant à l'autel avec toute sa famille qui avait les yeux rivés sur son dos. Finn avait été acculé dans un coin, lui aussi, sans aucune chance de parler de choses personnelles.

Finn et Charlotte se séparèrent, et Finn tapota la jambe de Charlotte. L'estomac de Nora se noua, parce que ça lui semblait tellement évidemment désormais. Finn était peut-être son partenaire, mais son cœur appartenait à une autre. Pendant le déjeuner, Nora s'était sentie à l'aise avec Finn et sa famille, et s'était permise de ressentir un peu d'espoir. Elle avait pensé que peut-être qu'elle avait eu de la chance, qu'elle et Finn auraient pu allumer la flamme de quelque chose de nouveau entre eux...

« Hé, » fit Noah en lui touchant l'épaule. Nora sursauta et le regarda d'un air coupable.

« H... Hé, répondit-elle en bégayant. J'allais... J'allais sortir. »

Noah l'étudia un instant, puis haussa les épaules.

« Charlotte et moi, on va devoir y aller, en fait. Max ne se sent pas bien, alors on doit abréger nos vacances.

— Oh, je suis désolée de l'apprendre, dit Nora en fronçant les sourcils. Ce n'est pas trop grave ?

— Je ne sais pas vraiment. Max a passé beaucoup de temps à l'hôpital pendant quelques années. Il est en rémission maintenant, mais on reste hyper vigilants, au cas où. »

Noah ouvrit la porte d'entrée et sortit, puis s'accroupit à côté de Charlotte. Nora le suivit, mais resta un peu en retrait tandis que Noah expliquait la situation à sa partenaire.

« Oh... Les gars, je suis désolée, dit Charlotte avec un air inquiet. On doit y aller tout de suite. Je vais réserver un vol retour dès qu'on sera dans la voiture.

— Mon Dieu. Ne t'inquiète pas pour ça, » répondit Finn. Il prit Noah et Charlotte dans ses bras un court instant, le visage marqué par l'inquiétude.

« Nora, c'était un plaisir de te rencontrer. J'espère que tu viendras nous rendre visite bientôt, dit Charlotte en la prenant brièvement dans ses bras.

— Bien sûr, » répondit-elle.

En moins d'une minute, Nora et Finn étaient debout sur le porche, à regarder la voiture de location disparaître au loin.

« Merde, dit Finn.

— Oui. Tu penses que ça va aller, pour Max ? demanda Nora, en passant les bras autour d'elle.

— Je l'espère vraiment. Ce gamin a déjà beaucoup souffert. » Finn ne paraissait pas convaincu du bien-être de Max.

Nora acquiesça et bâilla en s'étirant.

« Désolée. La journée a déjà été un peu longue, dit-elle en lui lançant un regard d'excuses.

— Tu as raison. Ça te dit que je change les draps de mon lit et que je range un peu, pour que tu puisses t'allonger et te reposer un moment ? proposa Finn.

— Ça serait fantastique. »

Une sieste dans l'après-midi, c'était le gros lot. Après tout, Nora avait beaucoup appris ces deux dernières heures, et elle n'avait pas fini de tout assimiler. Elle avait besoin d'un plan d'action, d'une manière d'avancer maintenant qu'elle était là, d'une direction à prendre pour mener le bateau sans gouvernail de sa nouvelle vie.

Elle soupira et suivit Finn, en appréciant l'idée d'avoir un peu de paix et de calme pour pouvoir vraiment réfléchir au désastre dans lequel elle venait de mettre les pieds.

7

Nora soupira et se décala en essayant de trouver une position confortable sur le canapé du salon, le seul meuble vraiment joli de la maison. Elle reboucha son feutre favori et ferma son journal, frustrée. D'ordinaire, écrire dans son journal était un soulagement, une manière d'extérioriser toutes les pressions de sa vie. Chez son père, avec des yeux et des oreilles partout, c'était son seul recours pour purger sa colère, sa peur et sa tristesse.

Aujourd'hui, néanmoins, il ne lui offrait rien. Elle s'était réveillée de sa sieste et Finn était parti. Elle s'était changée et était allée courir un peu, pour essayer de se détendre avec un peu d'exercice, mais en vain. La nature la calmait, d'habitude, mais la ferme de Finn était un territoire inconnu et n'avait fait que la perturber davantage.

« Salut, toi. »

Nora leva les yeux de son journal et vit Finn entrer dans la cuisine. Elle cligna des yeux, perdue.

« D'où tu es sorti ? Je pensais que tu étais parti, ajouta-t-elle en fronçant les sourcils.

— J'étais en haut, je travaillais sur la chambre d'amis. Je me suis dit que si on était deux à vivre ici, il faudrait qu'on commence par aménager le deuxième étage pour qu'on ait un peu plus d'espace. » Finn jeta un coup d'œil au salon. « Je vis ici, mais je n'ai pas vraiment travaillé sur la question. »

Nora acquiesça. Elle sentait son esprit se remplir d'idées pour les rénovations, mais elle retint sa langue. Elle n'était pas encore certaine d'où elle se situait avec Finn et elle ne voulait pas trop pousser sa chance, de peur de gâcher le peu de paix qu'il y avait désormais entre eux.

« Je pensais qu'on pourrait peut-être marcher un peu, » proposa Finn. Nora releva le menton vers lui, surprise.

« Euh... bien sûr, accepta-t-elle. Je vais juste enfiler des chaussures. »

Après être passée prendre des chaussures plates et une petite veste, Nora rejoignit Finn sur le porche.

« J'ai trouvé quelque chose de vraiment sympa, il y a un moment, derrière la ligne des arbres, dit Finn en pointant le doigt vers l'est, vers les bois épais qui poussaient autour du terrain qu'il avait fait dégager pour planter son houblon. Si ça te dit de marcher un peu.

— D'accord, » accepta Nora, curieuse quant à ses intentions. S'il était amoureux de Charlotte, comme Nora le pensait, elle ne savait pas pourquoi il s'embêtait à passer du temps avec elle. Cela étant, il avait été clair sur le fait qu'ils vivraient ensemble, alors peut-être qu'il avait simplement besoin de mieux la connaître et de s'assurer qu'elle était digne de confiance. C'était logique.

Finn lui fit faire le tour de la maison et ils prirent le chemin usé qu'elle avait exploré un peu plus tôt dans la journée. Il faisait peut-être deux mètres de large seulement, avec des murs de végétation dense des deux côtés, qui montaient jusqu'à trois mètres de haut par endroits.

Pendant qu'ils marchaient, Finn lui parla un peu de ses affaires.

« J'ai quelques gars qui travaillent ici, sur la ferme. Ils sont tous super, et je leur fais confiance. Je pensais organiser un barbecue bientôt, pour te présenter tous les travailleurs réguliers. Mais j'ai aussi de l'aide saisonnière quand il faut planter et récolter. J'ai fait des recherches sur chacun d'entre eux, mais je veux que tu te sentes en sécurité, même si je ne suis pas là, » dit-il. Il s'arrêtait de temps à autre pour toucher une feuille ou retirer une chenille d'une vigne.

« Je peux me débrouiller. Je n'ai pas d'arme ici, mais je sais me servir d'un pistolet. Et j'ai pris beaucoup de cours d'auto-défense quand j'ai emménagé à Seattle la première fois. »

Finn la regarda, les sourcils froncés.

« On n'en arrivera jamais à ça, promit-il. Je ne sais pas comment était ta vie, avant, mais tu seras toujours en sécurité ici. »

Nora lui adressa un vague hochement de tête.

« J'aimerais t'aider avec ce que tu as à faire sur cette ferme, si tu en as besoin. Je veux me rendre utile, » affirma-t-elle. Elle ne serait peut-être pas capable d'être sa partenaire de toutes les manières dont elle l'espérait, mais au moins, elle pouvait contribuer aux affaires de Finn.

« Plus tard, peut-être. Pour l'instant, on s'en sort plutôt bien. » Finn marqua une pause. « D'ailleurs, je me disais... Tu m'as dit que tu avais une entreprise de design intérieur avant, c'est ça ?

— J'ai travaillé pour une entreprise d'architecture, plutôt. Mais oui, je m'en suis bien sortie. »

Ils arrivèrent à l'orée de la forêt et passèrent sous les arbres, et Nora se sentit immédiatement chez elle parmi les immenses arbres rouges et les pins ponderosas. Il avait plu ces derniers jours, et toute la forêt était luxuriante, verdoyante, et accueillante. À un embranchement, Finn la guida vers la gauche, où le chemin grimpait au fur et à mesure. Ils avancèrent, plus haut et plus loin.

« Tu n'aimerais pas commencer à faire ça ici ? » demanda Finn, attirant l'attention de Nora loin du spectacle magnifique qui les entourait.

Elle lui adressa un regard perplexe.

« Je... Eh bien, oui. Mais je n'ai pas un très grand portfolio, alors je commencerais avec presque rien.

— Alors, commence par la maison de la propriété. Je serai ton premier client. Je peux te payer et tout, ajouta Finn, l'air incertain.

— Oh, Finn. Tu n'as pas besoin de faire ça. C'est gentil de ta part de proposer, répondit Nora en secouant la tête.

— Je suis sérieux. Je veux qu'on ait une maison confortable, mais je ne sais rien de ce qu'il faut pour rénover une maison. J'ai quelques idées, mais je n'y arriverai jamais tout seul. »

Nora fit la moue et réfléchit.

« Je pense que ça serait contre-productif que tu me payes, non ? » demanda-t-elle.

Il lui adressa un regard curieux.

« Tu ne penses pas que tu aimerais avoir de l'argent à toi ? Je veux dire, je peux payer pour tous tes besoins, nourriture et vêtements et tout, mais tout le monde devrait avoir de l'argent à dépenser. »

Nora eut un petit rire.

« Tu ne pourrais pas être plus différent de mon père, tu sais ? lui demanda-t-elle.

— J'espère que oui, mon Dieu. Et si tu établis une entreprise et qu'elle prospère, tu seras heureuse, ajouta Finn. C'est important pour moi. »

Nora n'était pas sûre quoi répondre à ça. C'était mignon, et ses mots avaient l'air sincères, mais elle ne savait pas quoi penser de lui pour l'instant. Finn changea de sujet avant qu'elle ait le temps de penser à sa réponse.

« Tu entends ça ? » demanda-t-il. Ils commençaient à monter une pente raide, et les arbres devenaient de plus en plus rares. Nora pencha la tête pour écouter.

« De l'eau ? devina-t-elle, les sourcils froncés.

— Oui. Regarde-moi ça, » ajouta Finn.

Le sol redevenait soudain plat, les amenant au bord d'une falaise en roche lisse qui s'incurvait en un grand arc de cercle. Au milieu du plateau rocheux se trouvait un ruisseau qui jaillissait du sol et tombait du rebord.

« Une cascade ! » s'exclama Nora, ravie. Elle s'avança avec précaution sur le sol rocailleux et humide, et jeta un œil dans le vide. Le cours d'eau tombait peut-être cinq mètres plus bas dans un bassin peu profond formé par des pierres.

« Oui. J'ai trouvé cet endroit il y a quelques mois. Je viens souvent ici pour réfléchir, lui dit Finn. On peut s'asseoir un peu plus loin, là où c'est sec. »

Nora le suivit sur le côté gauche du rebord et s'assit à côté de lui. Ils laissèrent leurs pieds pendre dans le vide en regardant tous les deux la cascade. Nora était bercée par le clapotis de l'eau, hypnotisée par la manière dont le soleil se reflétait sur le liquide qui tombait. Ils restèrent ainsi un long moment, et le silence passa de gênant à confortable après quelques minutes.

« Je reviens tout de suite, » dit Finn en se relevant. Il partit un instant, et Nora l'entendit fourrager dans la nature, derrière elle. Lorsqu'il revint, il avait retroussé le bas de son tee-shirt pour y faire tenir quelque chose.

Il se rassit, cette fois assez proche pour qu'ils se touchent presque. Nora pouvait sentir la chaleur irradier de la peau de Finn à travers son jean et son tee-shirt. Elle devint soudain très consciente que c'était un homme, avec des avant-bras musclés et bronzés et des épaules larges, une mâchoire sévère et barbue, des yeux couleur aigue-marine perçants et des lèvres parfaitement dessinées, et très attirantes.

« Des myrtilles ? » demanda-t-il, en lui montrant le trésor qu'il avait rapporté dans son tee-shirt. Il lui adressa un sourire à fendre les cœurs, et Nora sentit son estomac se nouer furieusement. « Elles sont comestibles, promis. J'en mange tout le temps.

— Merci, » répondit Nora avec un petit sourire. Elle tendit la main et prit une poignée des baies mûres. Elle en goûta quelques-unes, et soupira de plaisir en sentant le jus acidulé se répandre sur sa langue.

« Hum, » dit Finn. Nora leva les yeux sur lui et remarqua qu'il n'était pas du tout concentré sur les myrtilles. Ses yeux étaient obscurcis par un intérêt sensuel, le regard fixé sur les lèvres de Nora.

« Elles sont bonnes, » fit Nora en cherchant ce qu'elle pouvait dire, embarrassée par les halètements de sa voix. Elle ne pouvait pas s'en empêcher ; être aussi proche de Finn échauffait son sang, ses seins se contractaient, et elle sentait une chaleur subtile grandir entre ses cuisses.

Lorsqu'elle arrêta de le regarder et qu'elle tendit la main pour prendre d'autres myrtilles et apaiser la tension, Finn l'arrêta en posant les doigts sur les siens.

« Laisse-moi faire, » dit-il. Il prit quelques myrtilles et les amena jusqu'aux lèvres de Nora.

De nouveau, elle leva les yeux vers lui. Elle entrouvrit les lèvres pour accepter les doux fruits, et elle sentit les doigts de Finn effleurer sa bouche. Elle avala les myrtilles et vit

Finn se lécher le bout des doigts, sans jamais rompre le contact visuel.

Nora se pencha un tout petit peu vers lui, le désir l'attirant à Finn comme un aimant. Il posa la main sur sa joue, tendrement, et à ce moment, Nora sut qu'elle était fichue. Elle entrouvrit les lèvres en invitation, et l'expression de Finn disait clairement qu'il allait l'accepter.

Il se pencha sur elle et posa délicatement les lèvres sur les siennes. La sensation la secoua tout entière. Ses lèvres étaient chaudes et fermes, et le baiser était délicat et curieux. Elle s'ouvrit à lui et Finn approfondit le baiser avec des mouvements langoureux, l'explorant lentement.

Nora pouvait sentir son pouls dans sa gorge, sous les doigts de Finn qui lui fit pencher la tête pour plonger sa langue dans sa bouche et la consumer en impulsions brûlantes. Un petit miaulement de plaisir lui échappa lorsque la main libre de Finn se leva jusqu'à son sein à travers son tee-shirt, et qu'il en effleura le téton durci du pouce à travers les couches de vêtements.

Elle ouvrit les yeux pour regarder Finn. Ses yeux étaient fermés, les sourcils relevés. Le doute la frappa, et lui fit se demander si c'était bien à elle qu'il pensait pendant qu'ils s'embrassaient. L'instant fut gâché pour elle, même si son corps brûlait toujours de besoin.

Elle posa une main sur le torse de Finn et le repoussa doucement pour briser leur baiser.

« Je ne suis pas sûre que ce soit une bonne idée pour le moment, » dit-elle en baissant les yeux.

Finn resta silencieux un instant, puis haussa les épaules. Il ramassa la moitié des myrtilles qu'il avait laissé retomber sur ses genoux et les tendit à Nora. Elle les accepta et en mangeant quelques-unes, mais leur douceur était moins agréable maintenant.

« Je suis désolé pour tout ça, Nora, déclara Finn après une minute. Je sais que ça ne peut pas être ce que tu voulais. »

Nora le regarda, traçant des yeux les contours audacieux de son visage, de ses épaules. Sa posture était raide, inconfortable. Presque coupable.

« Et pour toi ? Tu n'avais pas tes propres projets, dans ta vie ? » demanda-t-elle, les mots durs. Elle espérait à moitié qu'il lui parlerait de Charlotte. Mais elle avait aussi à moitié peur de ces mots.

L'expression de Finn était indéchiffrable. Il tourna de nouveau les yeux vers la cascade, les pensées impénétrables.

« Ce n'est pas parce qu'on s'attendait à autre chose que rien de bien ne peut en sortir, » dit-il après un moment.

Nora le regarda intensément, dévorée par la curiosité. Elle n'arrivait pas à imaginer qu'elle puisse lui demander, d'un seul coup, s'il était amoureux de la partenaire de son frère jumeau, mais elle mourait d'envie de savoir ce qu'il attendait d'elle.

« Finn, il faut que je te demande. Tu m'as amenée ici, chez toi, tu as été très gentil avec moi, tu m'as demandé de rendre la maison confortable pour nous deux... Qu'est-ce que tu espères retirer de tout ça ? »

Finn leva les yeux sur elle, pensif.

« Eh bien... Comment dire, c'est comme ça, maintenant. On n'a qu'un seul partenaire dans sa vie, et on s'appartient mutuellement. Je veux que ce soit aussi bien que possible, malgré la manière dont on a commencé. Je veux être à l'aise et heureux. Je veux ce que Noah et Charlotte ont. »

Nora prit une lourde inspiration. Bien sûr. Bien sûr qu'il voulait ce que Noah avait... parce que Finn voulait Charlotte. Les épaules de Nora s'affaissèrent. Elle sentait la déception emplir sa poitrine et peser sur son cœur.

« Je vois, » répondit-elle. Elle afficha un sourire radieux et changea de sujet avant qu'ils ne puissent trop approfondir celui-ci, avant qu'elle ne pose d'autres questions stupides. « Peut-être qu'on devrait rentrer à la maison. »

Finn la regarda, perturbé, mais ne protesta pas lorsqu'elle se leva et s'éloigna de la cascade. Il ne fit pas non plus la conversation sur le chemin qui les ramenait à la maison, laissant Nora à ses pensées.

En particulier, le fait qu'elle se sentait totalement déçue. Elle avait espéré qu'il y avait une chance que Finn la trouve attirante, peut-être même belle. Qu'il la regarderait de la manière dont elle avait toujours imaginé que son partenaire le ferait, comme si elle était la chose la plus importante au monde, la seule femme qu'il pourrait jamais désirer.

Mais non. L'union de Nora était un mariage sur le papier, un échange politique, un accord forcé entre étrangers. Il était impossible de le contourner ou de le changer. Pas s'il était amoureux de quelqu'un d'autre, quelqu'un qui serait toujours présent dans sa vie.

Nora songea à la meilleure manière de continuer à avancer, et elle ne pouvait penser qu'à une chose : élargir son cercle social, se faire des amis à l'extérieur de la ferme. Elle avait besoin de se rendre indépendante de Finn, quelque chose qu'elle n'avait jamais réussi à faire avec son père. Mais comment ? Elle ne connaissait personne en dehors d'Eugene, et elle n'avait jamais passé beaucoup de temps en ville. L'idée de se rendre à Portland seule et d'essayer de se faire des amis la terrifiait.

Elle songea à Wyatt et au fait qu'il s'y rendait souvent. Même si elle ne l'appréciait pas du tout, il pourrait peut-être lui faire visiter Portland et l'aider à rencontrer de nouvelles personnes. Ce salaud lui devait bien ça, non ?

En arrivant à la maison, Nora eut enfin le cran de demander des nouvelles de son frère à Finn.

« Est-ce que tu sais quand est-ce que Wyatt passera nous rendre visite ? »

Finn la regarda d'un air dur, la désapprobation évidente sur son visage. Il était clairement toujours furieux d'avoir été mis dans cette situation, et Wyatt était sur sa liste d'ennemis. C'était logique, songea Nora.

« Pourquoi est-ce que tu voudrais le voir ? » demanda-t-il.

Elle haussa les épaules.

« Je pensais qu'il pourrait peut-être m'amener à Portland et me présenter d'autres gens. Peut-être même des clients pour du design, » bluffa-t-elle.

L'expression de Finn tourna à l'orage. Nora se rendit compte qu'il était bien plus énervé par toute cette situation que ce qu'elle avait pensé jusque-là. Se retrouver partenaire avec elle alors qu'il en aimait une autre avait dû lui sembler une punition terrible, se dit-elle.

« Je suis sûr qu'il se montrera, dans quelques jours, » articula Finn, sèchement. Il poussa la porte d'entrée et entra, le pas lourd, laissant Nora le suivre en soupirant.

« Je pensais que… commença-t-elle.

— Je suis fatigué, la coupa Finn. On en parlera demain matin. »

Il la laissa dans l'entrée, à le regarder partir dans le couloir. Elle se mordilla la lèvre en entendant la porte de son bureau claquer avec force. Elle l'avait énervé d'une manière évidente et avait réussi à détruire leur paix fragile.

« Bien joué, Nora, se dit-elle. Tu as réussi à faire de ton nouveau partenaire un ennemi. »

Elle remarqua son journal intime posé sur le canapé. Elle ferma la porte d'entrée et ramassa le carnet et le stylo.

Là où son cœur avait été engourdi et vide auparavant, il débordait maintenant d'émotions et d'un millier de pensées tourbillonnantes.

Elle s'assit sur le canapé, envoya valser ses chaussures du bout du pied et ouvrit son journal à une page blanche pour y répandre toute sa douleur, sa confusion et sa peine.

8

Lorsque Nora se réveilla tard le lendemain matin, son cœur se serra. La maison était totalement silencieuse, et le seul signe de Finn était un mot laissé sur le comptoir.

Nora,

Je suis parti tôt ce matin pour prendre un vol pour Minneapolis. Je serai à une conférence pour brasseurs toute la semaine et je serai de retour dimanche matin. J'espérais pouvoir te parler, mais tu dormais encore quand j'ai dû partir. Peut-être que cette semaine nous donnera à tous les deux l'espace et le temps dont on a besoin pour penser à ce qu'on veut vraiment et à ce dont on a besoin.

Pour ta sécurité, jusqu'à ce que je revienne, je préférerais que tu ne contactes pas ton père ou d'autres membres de ta famille. C'est un souhait, pas un ordre.

J'ai laissé une liste de numéros de téléphone sur le frigo, avec celui de Noah et du reste de ma famille. Tu y trouveras aussi le numéro de mon hôtel. N'hésite pas à m'appeler pour quoi que ce soit. Si tu souhaites commencer à penser aux rénovations, n'hésite pas.

À dimanche,

- Finn

Nora soupira, reposa le mot et s'appuya sur le comptoir pour prendre son visage dans ses mains. Les choses allaient très vite très mal, entre elle et son nouveau partenaire.

9
___

« Tu es sûr de ne pas vouloir monter dans ma chambre pour prendre un autre verre ? »

Finn plissa les yeux en regardant la rouquine mince qu'il avait rencontrée plus tôt dans la semaine, une amatrice de brassage de bière sexy du nom de Candace. Elle mordilla sa lèvre inférieure et pleine en dressant un sourcil, ne laissant aucun doute quant à ce qu'elle entendait par *prendre un verre*. Ils avaient discuté et bu au bar raffiné de l'hôtel pendant des heures, maintenant, et Candace en avait apparemment marre de papoter.

« Euh... » marmonna Finn. Il était tenté, il devait bien l'admettre. Il était aussi soûl après avoir goûté à d'innombrables bières pour le « Samedi du Goût », le dernier jour de la conférence. Les deux doubles shots de bourbon *Pappy van Winkle* n'aidaient pas non plus dans cette situation, se disait-il.

« Allez. Un beau gars comme toi, une belle fille comme moi... » Candace se lécha les lèvres. « Ça va faire des étincelles. »

Elle se pencha en avant et posa une main sur le genou

de Finn, en la glissant sur sa cuisse. Il plissa de nouveau les yeux en la regardant, et son esprit embrumé se demanda ce à quoi elle ressemblerait si elle avait des cheveux sombres et plus courts... si elle avait beaucoup plus de courbes... et une paire d'yeux couleur lavande ne ferait pas de mal...

« Mince, » murmura Finn. Il attrapa la main de Candace et la reposa sur les genoux de la femme, avec un air désolé.

« C'est quoi ton problème ? demanda Candace, surprise. Ça fait au moins une heure qu'on flirte.

— Désolé. Je n'aurais pas dû... J'ai quelqu'un qui m'attend à la maison, » expliqua Finn. Une image de Nora surgit dans son esprit, celle du moment précis avant qu'il ne l'embrasse, à la cascade. Elle avait levé les yeux sur lui, les lèvres entrouvertes, pour l'inviter...

« Tu m'as bien fait perdre mon temps, grommela Candace.

— Je m'occupe de l'addition. J'ai fini pour ce soir, de toute façon, » ajouta-t-il. Il sortit deux billets de cent de son portefeuille et les jeta sur le bar.

« D'accord, » lança Candace en haussant les épaules. Elle avait déjà détourné le regard vers un bel homme blond qui était assis tout seul.

Finn ne perdit pas de temps pour quitter les lieux. Il se mit debout et se dirigea vers les ascenseurs, en sentant la culpabilité le ronger tout du long de son voyage jusqu'au quatrième étage. Une fois que la porte de sa chambre fut fermée derrière lui, il envoya valdinguer ses chaussures et se déshabilla. S'il se couchait maintenant, aussi bourré, il aurait une sacrée gueule de bois en se réveillant. Il fallait qu'il se lève tôt pour prendre son vol, et il voulait être capable de réfléchir quand il arriverait chez lui.

Quand je verrai Nora, se corrigea-t-il en levant les yeux au ciel.

C'était vrai, songea-t-il en avançant pieds nus sur le carrelage de l'énorme salle de bain. Il alluma la douche. Le premier jour où il était arrivé à la conférence, il s'était senti soulagé d'avoir un peu d'espace loin de sa nouvelle partenaire. Les choses ne se passaient pas aussi bien qu'ils l'espéraient, pas même un peu.

Mais le deuxième jour, il s'était rendu à un événement dans un bar construit dans un style élaboré de Minneapolis et avait pensé, *Nora trouverait probablement cet endroit superbe.* Il était construit comme un bar clandestin des années 20, tout en tissu rouge brodé et en chandeliers perlés, avec des rangées et des rangées de tireuses à bières rutilantes. C'était le rêve d'un designer d'intérieur.

Sa deuxième pensée avait été, *C'est ça, comme si elle voulait te parler, imbécile.* Il s'était enfui comme un lâche la veille, en choisissant de ne pas la réveiller avant de partir. Cette conférence était prévue depuis des mois, mais Nora ne le savait pas.

Alors, il s'était forcé à traverser le reste de la conférence, en établissant plusieurs contrats lucratifs et en en apprenant beaucoup sur ce que les brasseurs attendaient des petits exploitants de houblon. Tout du long, Nora fut dans ses pensées. Finn avait même appelé Noah, en prétextant prendre des nouvelles de Max, pour lui demander conseil.

« Sincèrement, Finny, lui avait-il dit. On ne la connaît pas aussi bien que toi. Sois honnête, c'est tout, et fais ce qui te semble bien pour vous deux. Qu'est-ce que je peux te dire de plus ? »

Noah avait raison, comme d'habitude. Finn cherchait des réponses auprès de tout le monde sauf Nora, et elles n'existaient pas. Il se sentait stupide, mais il n'avait aucune idée de comment s'y prendre. La jalousie le dévorait, tout comme son appétit grandissant pour les petites brunes aux courbes avantageuses et aux yeux d'améthyste irrésistibles.

Finn s'avança sous la douche brulante, et laissa un gémissement lui échapper sous la chaleur et la pression intenses de l'eau. Il lava rapidement ses cheveux et son visage, puis déballa une barre de savon miniature et commença à savonner son corps. Lorsqu'il passa la main sur son entrejambe, son érection jaillit en avant, au garde-à-vous pour la première fois depuis des heures.

Il repensa à Nora, à ce moment magique à la cascade. La manière dont elle s'était penchée vers lui, dont ses paupières s'étaient fermées en papillonnant, avec ces lèvres ouvertes et laissant apparaître une langue rose. Il songea au goût qu'elle avait eu, si douce, avec un soupçon de musc.

Bien qu'il ait résisté à la tentation de se donner du plaisir toute la semaine, Finn referma le poing sur son érection. Le savon l'avait rendu glissante, et la peau était douce et chaude sous ses doigts. Il se sentit pulser en pensant de nouveau à Nora, au petit son discret qu'elle avait fait quand Finn avait pris son sein rebondi dans sa main.

Finn serra les dents en faisant aller et venir son poing avec des mouvements longs et brutaux. Il était déjà tellement à fleur de peau après une semaine frustrante de désir et après plusieurs mois sans avoir touché de femme, que ça ne prendrait pas longtemps.

Il imagina Nora allongée sur son lit, sans rien d'autre qu'un de ses tee-shirts trop grands pour elle. Peut-être que Nora était tout aussi seule et excitée que lui. Il l'imagina écarter ses cuisses pâles, faire passer deux doigts sur son estomac arrondi, fermer les yeux et se mordiller la lèvre tout en titillant son sexe rose et rebondi.

Elle était probablement tellement serrée, tellement mouillée, songea Finn. Il pouvait s'imaginer les sensations de l'emplir pour la première fois, d'appuyer sur ses gros seins doux et de plonger profondément dans son corps. Il la ferait crier, elle hurlerait son nom en jouissant, son corps se contracterait autour de sa queue...

Finn s'appuya avec un bras contre le mur de la douche, en se branlant furieusement devant les images de sa partenaire qui l'assaillaient. Nora assise sur sa bite, lui en train de lécher et de suçoter sa chatte rose et lisse, lui en train de la prendre par derrière, sauvagement et brutalement, un vrai ours qui revendiquait sa partenaire.

Il jouit avec un cri, et l'orgasme pulsa dans son sang, lui troublant la vue. Il ne bougea pas avant un long moment, laissant l'eau chaude couler sur son corps le temps de reprendre son souffle. Jusqu'à cet instant, il n'avait pas compris à quel point il *désirait* en fait Nora, combien il avait besoin qu'elle le désire en retour.

Après s'être repassé du savon et de l'eau sur le corps, Finn sortit de la douche et se sécha, les jambes tremblantes. Il avait joui tellement fort que son cerveau ne fonctionnait pas encore parfaitement bien, mais il était sûr d'une chose.

Il allait arranger les choses avec Nora, contre vents et marées. Puis, il revendiquerait sa partenaire.

10

Finn finit le reste d'une bouteille d'eau d'un litre en arrivant dans l'allée de sa maison. Sa gueule de bois avait presque disparu, mais il voulait être en parfaite forme lorsqu'il verrait Nora. Après sa petite réalisation la nuit d'avant, il était déterminé à recommencer son approche avec elle. Il allait être ouvert quant à son désir pour elle, déjà. Et il lui parlerait davantage, découvrirait ce qu'elle aimait, ce qu'elle voulait, ce dont elle avait besoin venant de lui.

Un sourire déterminé était fiché sur ses lèvres, jusqu'à ce qu'il se gare devant la maison. La toute première chose qu'il vit fut la voiture de Wyatt garée à côté. Son optimisme disparut en un éclair, remplacé par de l'irritation et de la colère. Il avait un plan, bon Dieu, et Wyatt ne faisait que se mettre en travers de sa route. Il l'avait acculé dans un coin, et il lui avait pratiquement jeté Nora dans les bras. Maintenant, Finn allait reprendre les rênes et créer son propre bonheur, et Wyatt resterait en dehors de son chemin s'il avait la moitié d'un cerveau dans sa boîte crânienne.

Finn sortit de la voiture avec les sourcils froncés. Il

attrapa sa valise et avança à grands pas jusqu'à la maison. Il posa son bagage à l'intérieur de la porte d'entrée.

« Salut ? cria-t-il. Silence. Nora, tu es là ? »

Encore du silence. Finn remonta le couloir du fond et trouva les chambres et la salle de bains vides. Plutôt que de se sentir soulagé de ne pas avoir trouvé sa partenaire au lit avec son connard de frère, il s'inquiétait. Où est-ce qu'ils pouvaient bien être ?

Il fit marche arrière et vérifia de nouveau la cuisine et le salon. Aucune note ou indication quant à l'endroit où pourrait être Nora, mais elle avait étalé plusieurs grandes feuilles de papier qui contenaient des designs détaillés de rénovation. Elle avait même attaché des échantillons de couleur et de tissus à certaines pages. Finn n'était pas un expert en design, mais il trouvait son travail impressionnant. Après avoir regardé les quelques premières pages, il les mit de côté. Il avait besoin de se concentrer pour retrouver sa partenaire.

Au moment où il se tourna vers la porte d'entrée, il entendit le grondement doux de la voix grave d'un homme. *Wyatt.*

Finn ouvrit la porte d'entrée à toute volée et sortit de la maison, et remarqua que Nora et Wyatt venaient d'apparaître à l'angle de la maison. Wyatt avait l'air tendu, et Nora avait carrément l'air grincheuse, les sourcils froncés et les bras croisés.

Dès qu'il remarqua Finn, Wyatt lui décocha un sourire méchant. Son expression envoya du plomb dans l'estomac de Finn. Rien de bien ne pouvait sortir d'une tête pareille.

Nora, au contraire, parut soulagée.

« Tu es de retour ! » dit-elle en se dépêchant d'arriver jusqu'à lui. Elle vola presque par-dessus les marches et jeta les bras autour du cou de Finn avec force pour le prendre contre elle, ce qui le surprit.

« Oui. Je voulais te dire... » commença-t-il doucement, mais Nora secoua la tête.

Plus tard, fit-elle avec sa bouche sans prononcer de son, avant de se reculer et de faire un signe de tête vers Wyatt. Finn étrécit son regard en voyant son frère monter les marches du porche.

« Oh, si c'est pas mignon, minauda Wyatt. Tu es de retour pile à temps. Nora était sur le point de s'habiller pour passer une soirée en ville.

— C'est tout ce que tu as à nous dire ? répondit sèchement Finn, énervé par son ton.

— Hé, tout doux. J'ai l'impression que tout marche plutôt bien, dit Wyatt, en regardant la main que Nora avait posé sur le torse de Finn. Pas vrai, Nora ? »

Elle le regarda, furieuse, puis releva les yeux sur Finn d'un air suppliant.

« Wyatt a accepté de me présenter un client potentiel. Il connaît quelqu'un qui va ouvrir un ranch pour touristes avec *bed and breakfast*, et il sera en ville ce soir. Je veux essayer d'avoir une connexion, si je peux, expliqua Nora.

— D'accord, accepta Finn, non sans un regard empli de soupçons vers son frère. C'est gentil à lui de faire ça.

— Un peu, que c'est gentil, répliqua Wyatt en assénant une claque sur l'épaule de Finn. Maintenant, va te changer. T'as l'air pitoyable. »

Finn soupira et se dirigea vers sa chambre, Nora sur ses talons.

« J'ai simplement besoin de prendre quelques vêtements, la prévint-il.

— C'est ta chambre. Tu n'as pas besoin de partir à cause de moi, » répondit-elle, timidement. Ses joues rosirent lorsqu'elle parla, et Finn sentit un intérêt certain s'éveiller dans son corps. Il lui accorda un sourire paresseux.

« Je serai un gentleman… pour l'instant, » lui assura-t-il. Il alla jusqu'au placard et en tira un pantalon et une chemise à carreaux rouge. « À tout de suite. »

Il se lava et se changea en un temps record. La porte de la chambre était toujours fermée lorsqu'il sortit de la salle de bains, et il pouvait entendre Nora se préparer à l'intérieur, s'habiller et se pomponner. Finn alla tranquillement jusqu'à la cuisine et ouvrit un placard. Il en tira une bouteille de whisky High West qu'il gardait pour se calmer les nerfs.

Il se versa une mesure généreuse, prit une longue gorgée et lâcha un soupir. Il s'était rendu compte qu'il ne voulait pas sortir du tout ; il voulait que Wyatt parte, pour que Nora et lui puissent passer un peu de temps ensemble… seuls.

« Quoi, tu ne vas même pas m'en proposer ? » demanda Wyatt en entrant dans la cuisine.

Finn prit une autre gorgée de son verre et regarda attentivement son frère, remarquant des marques d'inquiétude et de manque de sommeil sur son visage.

« Qu'est-ce que tu as, Wy ? demanda Finn. Tu as l'air… étrange. »

Les yeux bleu brillant de Wyatt s'animèrent, et son sourire disparut.

« Rien dont tu doives t'inquiéter, Finny. Je maîtrise parfaitement la situation, répondit-il.

— Mon cul. » Finn posa son verre sur la table et regarda sérieusement son frère. « Tu es dans la merde, comme d'habitude. La différence, c'est que cette fois, tu as l'air d'être inquiet du résultat. »

Wyatt prit une inspiration et détourna le regard, la mâchoire tendue.

« Il y a une fille... commença Wyatt avant de s'arrêter. Tu sais quoi ? Personne ne peut rien y faire de toute manière, alors pas la peine d'en parler.

— Je ne peux pas dire que je t'ai déjà vu abandonner une fille avant. Ou te faire mettre une raclée, maintenant que j'y pense. »

Wyatt eut un rire sans conviction et secoua la tête.

« Sers-moi de ce foutu whisky, c'est tout, Finn. »

Il lui versa un verre et le fit glisser au milieu du comptoir, la curiosité le dévorant de l'intérieur. Heureusement pour Wyatt, Nora choisit ce moment pour faire son entrée, et toutes les pensées de Finn s'envolèrent.

Elle portait une robe pourpre courte et serrée, avec un décolleté plongeant. La robe était pincée à la taille, ce qui montrait ses courbes incroyables sous leur meilleur jour. Des talons d'un blanc éclatant étaient passés à ses pieds, ce qui ajoutait quelques centimètres à sa petite stature. Ses cheveux noirs étaient arrangés en un carré noir propre et elle portait un rouge à lèvres carmin qui donnait envie à Finn de sortir la langue pour haleter comme un chien.

« Arrête de mater, il faut qu'on y aille, le coupa Wyatt en reposant brusquement son verre sur le comptoir. On a du pain sur la planche. »

Nora regarda Finn à travers ses cils fins en attrapant son sac à main, avant de se diriger vers la porte. Finn ne put rien faire d'autre que de la suivre, en regardant ces jambes découvertes parfaites marcher devant lui.

11

Le bar où Wyatt les avait amenés ne ressemblait en rien à ce à quoi Finn s'attendait. Il s'était attendu à un bar à vin prétentieux de Portland, ou même une boîte de nuit répugnante avec de la musique pop à fond. Mais non, Wyatt ne faisait jamais ce à quoi il s'attendait. Il avait amené Finn et Nora dans un bar musical, un *honky tonk* à une demi-heure de Portland. Il y avait un groupe de country qui jouait, et des dizaines de couples apparemment habitués qui dansaient sur la piste. Il y avait beaucoup de cheveux longs et de grosses barbes, et les gens étaient presque tous en jeans, mais au moins, c'était animé.

Finn prit une longue gorgée de sa bière et déglutit, l'expression amère. Il surveillait Nora et Wyatt depuis l'autre bout de la pièce, en faisant attention à chacun de leurs mouvements. Quelques minutes seulement après s'être installés au bar, Wyatt avait repéré le supposé client dont il avait parlé, et il avait entraîné Nora avec lui pour la présenter.

Désormais, Nora et le client, du genre cowboy à l'aspect robuste, discutaient avec animation. Wyatt semblait plus distant, à observer la foule. De temps à autre, il ajoutait quelque chose dans la conversation, ou disait quelques mots à Nora. Il toucha même le bras de Nora deux ou trois fois, ce qui hérissa le poil de Finn, mais Nora se contenta de le repousser en se concentrant sur le client.

Finn fut surpris de voir Nora poser la main sur le bras du cowboy et de se laisser guider vers la piste de danse. Elle leva les yeux au ciel d'un air impatient à l'attention de Finn, ce qui impliquait qu'elle ne s'amusait pas, mais elle rit et joua le jeu lorsque le client lui montra les pas à suivre pour cette danse au rythme rapide.

Wyatt revint s'asseoir en face de Finn, l'air troublé.

« Ta femme sait comment s'y prendre avec un cowboy, glissa-t-il, le ton sarcastique.

— Si j'étais toi, je ferais attention à ce que je dis de Nora. Tu as déjà atteint les limites de ma patience, » répondit platement Finn.

Wyatt se renfrogna et fit signe à la serveuse pour commander une autre tournée pour la table. Des bières et des shots, ce qui arracha un soupir à Finn.

« De la tequila ? demanda-t-il, le sourcil levé. Tu prévois de te battre ce soir, c'est ça ?

— Va te faire mettre, » dit Wyatt en finissant le reste de sa bière.

Lorsque les violons se firent plus discrets et que la chanson se finit, le client s'inclina devant Nora et lui tendit une carte de visite. Elle eut un sourire radieux et lui rendit son salut, puis revint à la table de Finn en courant à moitié.

« Je crois que j'ai décroché un gros client ! » dit-elle, un sourire irrésistible aux lèvres. Finn se décala pour lui faire de la place.

« Ah oui ? Tu as ramené un gros poisson ? » demanda

Finn, en lui passant le bras autour de la taille et en appuyant légèrement.

Nora leva le visage vers lui, radieuse et rouge de plaisir. L'espace d'un instant, toutes les barrières entre eux disparurent. Ils n'étaient que Nora et Finn, deux personnes heureuses sur le point de commencer une nouvelle aventure ensemble. Finn se pencha en avant et posa les lèvres sur celles de Nora, en appréciant combien elle était petite et fragile dans ses bras. Avec ou sans talons, Nora était une petite fée tout en courbes, et bon Dieu, Finn trouvait ça sexy.

« C'est bon, c'est bon, fit Wyatt en agitant une main dans leur direction. Regardez, les verres sont là. »

Ils acceptèrent leur shot et burent la tequila cul sec en faisant un peu la grimace.

« C'est impossible que ça soit de la bonne qualité, toussa Wyatt.

— Tu as probablement baisé la serveuse mais tu as oublié son visage, répondit Finn avec un haussement d'épaules, tout en essuyant ses lèvres.

— J'ai jamais couché avec personne ici, grommela Wyatt.

— Si tu le dis. Hé, Nora. Portons un toast à ton premier gros poisson, d'accord ? » demanda Finn en levant sa bière.

Nora sourit et tapa le haut de sa bouteille contre la sienne avant qu'ils n'en boivent.

« Je pourrais m'habituer à ça, dit-elle avec un petit rire.

— Tout n'est pas toujours tout rose dans cette famille, l'informa Wyatt en buvant sa propre bière.

— Aucune famille n'est parfaite, répondit-t-elle avec un haussement d'épaules. Je voulais dire que...

— Parce que, tu sais, continua Wyatt comme si Nora n'avait rien dit. Certaines familles sont distantes, et c'est triste. Mais la nôtre a le problème opposé. On est un peu trop proches. Pas vrai, Finny ? »

Wyatt regarda Finn d'un air éloquent.

« De quoi tu parles, Wyatt ? demanda Finn, en sentant son impatience monter.

— Oh, tu sais, c'est juste que… On est tellement proches, peut-être un peu trop. Tiens, par exemple, toi et Noah. Tu as déjà raconté à Nora comment Noah a rencontré Charlotte ? demanda Wyatt à Finn, avant de se tourner vers Nora sur un ton de confidence. Finn était le second de Noah, tu sais, pour l'aider. Si c'est le bon mot…

— Ça suffit, Wyatt, ordonna Finn en faisant claquer sa bouteille de bière sur la table.

— Hé, tout ce que je dis, c'est que c'est important d'être proche de ton jumeau, mais peut-être pas *aussi* proche que ça. Comme pour sa jolie partenaire blonde, d'ailleurs. »

Nora se racla la gorge, le visage pâle soudain.

« Euh, Finn, peut-être qu'on devrait aller danser, proposa-t-elle.

soudainement Mais non, je vais m'en occuper, dit Wyatt d'une voix traînante en se levant et en tendant la main, paume levée, vers Nora.

— Wyatt, ne fais pas ça, dit Finn, en sentant la colère monter en lui.

— Détends-toi. C'est une chanson rapide, gamin. »

Nora regarda Finn d'un air impuissant et posa la main dans celle de Wyatt. Finn se frotta la nuque de la main, incapable de détourner les yeux d'eux tandis qu'ils dansaient sur la piste. Wyatt garda ses distances au début, mais lorsque la musique ralentit et devint plus langoureuse, Finn se leva d'un coup. Pile à temps, apparemment, parce que Wyatt venait d'attirer Nora contre lui et de commencer à baisser les mains sur son cul.

L'expression de choc et de détresse sur son visage attira Finn comme un aimant, et en quelques secondes, il avait passé le bras entre eux pour repousser Wyatt de quelques pas.

« Je vous interromps, dit Finn avec un regard lourd vers Wyatt. Peut-être que tu devrais prendre un peu d'eau, *frérot*. Pour dessoûler un peu. »

Finn fut surpris de voir des remords passer sur le visage de Wyatt, plutôt que son sourire crâneur habituel. Wyatt repartit s'asseoir, laissant Finn avec un air perdu. Lorsqu'il se retourna vers Nora, il fut doublement perdu. Les danseurs bougeaient tout autour d'eux, mais Finn et Nora restèrent l'un en face de l'autre un long moment, à se regarder. Nora avait de nouveau cet air, comme si elle voulait que Finn l'embrasse, mais elle avait aussi l'air partagée.

Finn saisit l'occasion, l'attira à lui et pressa ses lèvres contre les siennes. Elle se raidit après une seconde, se dégagea du baiser en rougissant et en regardant les danseurs autour d'eux. Elle se lécha les lèvres et leva les yeux sur Finn, l'expression illisible.

« J'ai un peu trop bu, confia-t-elle après un instant. Peut-être qu'on devrait s'arrêter là. »

Finn essaya de cacher sa déception. Il prit la main de Nora dans la sienne et la guida hors de la piste de danse, vers la sortie. Il s'arrêta avant d'arriver à la porte, en repensant à ses options.

« Donne-moi une seconde pour dire au revoir à Wyatt, lui dit-il. Je reviens tout de suite. »

Nora acquiesça, les yeux écarquillés. Finn se rendit à grandes enjambées à la table où Wyatt était retourné s'asseoir. Il se pencha et le regarda d'un air mauvais.

« Je ramène Nora à la maison. Trouve-toi un moyen de rentrer tout seul, lui dit-il.

— Très bien, répondit Wyatt avec un haussement d'épaules, l'attention manifestement ailleurs.

— Regarde-moi ! ordonna Finn en frappant du poing sur la table, ce qui fit sursauter Wyatt.

— Bon Dieu. Quoi ? céda Wyatt.

— Tu restes loin de Nora. C'est toi qui nous as mis dans cette situation, et j'essaye de faire de mon mieux avec ce que j'ai. Maintenant, tu te mets entre nous ? Ne l'appelle pas. Ne viens pas nous rendre visite. Je suis sérieux, Wyatt, » articula Finn.

Wyatt ne répondit pas, mais leva les mains dans un geste de défaite.

« Bien, » reprit Finn. Sur ces mots, il tourna les talons et retourna à sa partenaire, passa un bras autour de Nora pour l'accompagner en dehors du bar. Il ouvrit la portière côté passager et l'aida à monter avant de s'asseoir dans le siège conducteur.

« Nora… commença-t-il, sans vraiment savoir comment lui demander de ne pas parler à Wyatt.

— Est-ce qu'on pourrait… ne pas parler, pour l'instant ? demanda-t-elle en appuyant son visage contre la vitre.

— Qu'est-ce que Wyatt t'a dit ? demanda Finn en regardant attentivement sa réaction.

— Ramène-moi à la maison, s'il te plaît, » fut la seule réponse que Nora lui offrit.

Les dents serrées, Finn manœuvra la voiture pour la sortir du parking et prit l'autoroute. Il sentait sa colère grandir à chaque kilomètre qu'ils parcouraient.

Wyatt allait avoir ce qu'il méritait, bon Dieu, et Finn allait s'en assurer personnellement.

12

Nora était étendue dans le lit et songeait que sa mâtinée avait été très étrange. Elle regarda l'heure et vit qu'il n'était que huit heures et demie. Et elle avait déjà vu Finn une fois aujourd'hui, ce qui était 100% plus de contact qu'elle avait eu avec lui, ces quatre derniers jours. Il avait été très occupé à gérer une situation compliquée à la ferme, et il partait de la maison à l'aube pour ne revenir qu'au coucher du soleil, assez longtemps pour dévorer une pile de sandwiches et pour s'écrouler dans son bureau ou sur le canapé.

Dès le deuxième jour, Nora s'était sentie tellement mal pour lui qu'elle avait commencé à lui préparer de la nourriture à emporter sur le terrain. Le troisième jour, par pur ennui solitaire, elle avait commencé à préparer des déjeuners à emporter pour toute l'équipe. Elle ne pouvait travailler sur les rénovations de la maison qu'un certain nombre d'heures avant d'avoir l'impression de devenir folle.

Et maintenant, elle commençait à devenir folle d'une manière différente, plus physique. Tout ça à cause d'une rencontre d'une minute avec son propre partenaire, rien de moins.

Elle était sortie de la chambre ce matin pour aller aux toilettes et avait rencontré Finn... qui venait de sortir de la douche, ne portant rien de plus qu'une serviette sur les hanches. Il avait des abdominaux interminables et des pectoraux, et... tous ces muscles sur ses bras et ses épaules, bon *Dieu*. Ses cheveux noirs étaient rabattus vers l'arrière, de la même couleur que les poils qui parsemaient son torse... et plus bas, plus bas... à peu près là où le visage de Nora avait atterri lorsqu'elle lui était rentré dedans et qu'elle était presque tombée.

« D... Désolée ! » glapit-elle, alors même qu'il tendait les bras pour l'empêcher de tomber.

Puis, il avait cillé et avait passé une main dans sa serviette pour réajuster sa... bosse... et Nora avait presque avalé sa langue. Finn était *grand*. Vraiment, vraiment absurdement grand. Elle avait levé le regard pour rencontrer le sien, et avait rougi de dix teintes différentes en remarquant qu'il avait les yeux fixés sur ses seins. C'est à ce moment qu'elle avait remarqué qu'elle ne portait qu'une culotte et un débardeur léger et transparent.

« Pas de problème, » répondit Finn, en faisant remonter son regard sur son visage. Nora fit la même chose, même si maintenant, elle était curieuse de savoir si la... réaction physique qu'il avait... était à cause d'elle, ou du fait qu'on était le matin.

« Euh... J'ai pensé que je pourrais peut-être faire le dîner, ce soir, » avait-elle dit, la bouche sèche.

Nora était allongée dans son lit, ou plutôt celui de Finn d'ailleurs et elle respirait son odeur sans retenue, là où elle était la plus forte, sur les coussins et sur la couette. Elle était profonde et musquée et boisée, et elle emplissait son esprit de nombre de pensées coquines quant à l'homme de sa vie. Elle était désespérément excitée, maintenant, et c'était entièrement à cause de Finn.

Enfin, en grande partie. Après sa petite conversation avec un Finn sexy et à moitié nu, elle était sur le point de perdre tout contrôle. Elle se mordilla la lèvre en se demandant... Finn devait probablement déjà être parti. Si elle était très discrète...

Nora glissa la main dans sa culotte, se détendit, et laissa ses doigts faire le travail, l'esprit empli d'images de Finn.

13

Finn avait du mal à avoir les idées claires lorsqu'il rentra à la maison. Il s'était dépêché de finir le reste du travail de la journée et avait réussi à monter les marches du porche en fin d'après-midi. Il était épuisé et affamé, mais plus que ça, il était distrait.

Toute la journée, il avait travaillé à contenir un problème d'insectes qui s'était développé dans le champ tout à l'ouest, mais n'avait pu penser à rien d'autre qu'à Nora. Il avait brûlé de désir pour elle depuis son retour de la conférence, mais entre Wyatt et ces foutues chenilles, il n'avait pas eu de chance. Il avait à peine le temps de dormir et de manger, et encore moins de passer du temps à courtiser sa partenaire.

Et pourtant, qu'il avait envie de la courtiser. Surtout après ce matin, lorsqu'il l'avait surprise dans le couloir. Il venait de sortir de la salle de bains, la serviette autour de la taille, et elle lui était rentré dedans. Il l'avait aidée à retrouver son équilibre et quand il avait reculé d'un pas, il avait presque défailli devant le spectacle qui s'offrait à lui. Ses cheveux noirs étaient délicieusement décoiffés, ses yeux écarquillés, ses lèvres pleines, rondes et tentatrices... puis, il avait remarqué sa tenue.

Son débardeur blanc à peine visible ne dissimulait en rien ses seins ronds et pleins, avec les tétons dressés. Ses jambes étaient longues, pâles, et sans rien pour les cacher, et seul un petit triangle de tissu rose couvrait son sexe. En un instant, il était devenu dur pour elle, totalement embarrassé par son appétit soudain et évident. Le fait qu'il se soit occupé de lui dans la douche quelques minutes avant à peine n'avait rien fait pour apaiser le besoin qu'il avait d'elle.

Pire encore, il l'avait vue remarquer son érection. Il l'avait presque prise à ce moment-là, en l'attirant à terre et en arrachant sa culotte pour la dévorer, centimètre après centimètre de perfection.

Puis, elle avait parlé, du dîner apparemment, et Finn était sorti de l'instant. Il avait pensé au travail vital qu'il avait besoin d'accomplir ce jour-ci, et il avait décidé à contre-cœur de d'abord s'occuper des dernières étapes de son projet de chenilles. Il s'était dit qu'il préférerait prendre Nora lorsque son esprit et sa conscience seraient plus tranquilles. Il *s'était dit* que le travail était la raison principale, et non pas ses inquiétudes qu'elle puisse en fait désirer son frère.

Et puis, Nora l'avait presque ruiné une fois de plus. Après avoir enfilé ses habits, il avait décidé de venir frapper à sa porte, peut-être l'embrasser et lui dire qu'il avait hâte qu'ils passent du bon temps ensemble, ce soir. Mais sa Nora ne faisait jamais ce à quoi il s'attendait, évidemment.

En s'approchant pour toquer, il avait entendu un son léger. Une respiration un peu forte, peut-être. Finn avait hésité, et avait posé l'oreille contre la porte. Trois secondes plus tard, il avait entendu Nora avoir un petit cri de plaisir difficilement contenu, qui lui avait envoyé des frissons dans le dos. Son fantasme de l'hôtel était devenu réalité ; la petite Nora, si douce, se touchait et se faisait jouir. Dans son lit.

Déchiré, il avait compris qu'il ne pouvait pas entrer et envahir son intimité. Il allait devoir attendre, même si ça le détruisait.

Alors, il avait passé une longue journée de tourments plutôt qu'une journée de détente au lit, et maintenant, il commençait à perdre patience. Il arriva chez lui, épuisé, et fut surpris de voir que l'objet de son obsession de la journée était au centre d'une tornade d'activités.

Nora portait un legging gris, et le même débardeur transparent que ce matin, même s'il pouvait voir qu'elle avait enfilé un soutien-gorge en-dessous désormais. Elle était au comptoir de la cuisine, en train de malaxer une pâte épaisse à la main. Lorsqu'il s'arrêta à quelques pas d'elle, elle sursauta.

« Tu m'as fait peur ! » lui dit-elle, en pointant un doigt accusateur vers lui. La seconde d'après, elle avait un sourire lumineux sur le visage. « Je ne savais pas quand tu rentrerais. J'étais en train de préparer la pâte pour faire des gnocchis.

— Désolé, » fut tout ce que Finn put dire. Il ne pouvait pas s'empêcher de reluquer son corps, où chaque courbe était mise en avant par les habits serrés.

« Bon sang, va t'asseoir. Tu as l'air d'être sur le point de t'effondrer, fit Nora, le sourire un peu plus léger. Mets-toi à l'aise.

— Seulement si tu viens avec moi » répliqua Finn, avec un tic aux lèvres. Ils n'étaient partenaires que depuis peu, mais déjà, elle lui donnait des ordres.

« Donne-moi deux secondes. J'ai quelques designs à te

montrer de toute façon, » dit-elle. Elle déposa la pâte dans un bol et la mit au frigo, puis se lava les mains.

Finn se dirigea vers le salon et s'assit sur le canapé avec un soupir de soulagement. Nora était juste derrière lui, les bras chargés de plans et d'échantillons.

« Bon, ça, c'est pour la cuisine... » commença-t-elle. Finn l'écouta tandis qu'elle exposait l'intégralité de son projet, encore plus détaillé et mieux pensé que ce qu'il avait lu l'autre jour.

« C'est incroyable, dit-il en passant en revue les feuilles, approbateur.

— Oh ! J'ai oublié, j'ai une surprise pour toi, » dit-elle soudain. Elle se leva et s'enfuit dans la cuisine, avant de revenir avec deux bouteilles de bière glacées. Elle lui en offrit une, et il sentit son cœur se réchauffer en lisant l'étiquette.

« La Brasserie Bluebeard ! Où est-ce que tu as trouvé ça ? demanda-t-il, abasourdi.

— J'ai cherché quelles brasseries utilisaient ton houblon, et j'en ai commandé en ligne, dit-elle avec un sourire ravi. Santé. »

Ils trinquèrent et burent. Finn eut un soupir satisfait. Il n'avait pas été aussi heureux depuis des mois. Pendant cet instant, les choses entre lui et Nora semblaient... simplement bien. Son corps se tendit de nouveau pour elle, et il ne pouvait plus attendre pour la goûter. Il prit la bière qu'elle tenait dans sa main, et posa les deux bouteilles par terre.

« Je... » commença Nora, mais elle n'alla pas plus loin.

Finn l'attira sur ses genoux et baissa sa bouche sur la sienne. Il travailla ses lèvres, l'ouvrant pleinement pour explorer sa chaude douceur. La langue de Nora dansait contre la sienne, l'encourageant à continuer. En un instant à peine, il glissa les mains sous son débardeur et grogna en sentant le contact exquis de sa peau nue. Il agrippa ses hanches, traça ses côtes du bout des doigts, souleva ses seins.

Nora eut un petit miaulement de plaisir et se tourna vers lui pour le chevaucher. Elle lui répondit avec force, les bras autour de son cou, les hanches frottant contre son érection. Finn était tellement désespéré de l'avoir qu'il aurait pu jouir rien qu'avec ça, mais il se força à rester aux contrôles. Nora méritait un véritable homme dans tous les sens du terme, pas un adolescent qui ne pouvait pas se retenir.

Il souleva les coques du soutien-gorge pour libérer les seins de Nora et leva un des tétons tendus à ses lèvres.

« Oh, Finn, je... » cria Nora, s'arcboutant contre sa bouche pour s'offrir davantage à lui.

Il titilla son téton avec ses lèvres, sa langue, ses dents, et gronda en sentant Nora se frotter de plus en plus fort contre lui. Il pouvait sentir le picotement de son excitation dans l'air, et il savait qu'elle était mouillée et prête pour lui. Si ça n'avait pas été leur première fois ensemble, il aurait simplement défait sa braguette pour la baiser comme ça, pour la faire jouir sur sa bite avec tous ses vêtements encore sur lui.

Il relâcha son sein et adora le petit soupir de déception qu'elle eut. Il glissa une main dans les cheveux de Nora, au-dessus de la nuque, et tira doucement sa tête en arrière pour exposer la colonne pâle de sa gorge à ses lèvres. Il titilla son lobe d'oreille et en traça le contour avec sa langue avant de murmurer.

« Tu as besoin de jouir, pas vrai, ma belle ? Je t'ai entendue ce matin, Nora.

— Oh ! souffla-t-elle, en se débattant dans ses bras.

— Ne sois pas gênée. Tu es ma partenaire. Je n'ai pas fait mon travail, n'est-ce pas ? Mais je suis prêt à le faire, maintenant, » promit-il en relâchant ses cheveux.

Il laissa ses mains tomber sur les hanches de Nora et se mit à baisser son legging et sa culotte, émerveillé par son corps. Ses poils étaient rasés de près, et il pouvait voir de l'humidité sur les replis de ses délicats pétales roses.

« Finn ! protesta Nora, mais il secoua la tête et la regarda avec un air de réprimande.

— Est-ce que tu me désires, Nora ? » demanda-t-il.

Elle marqua une pause, puis acquiesça.

« Laisse-moi d'abord te faire jouir. Je veux te regarder, » ordonna-t-il.

Lorsque Nora se mordilla la lèvre et acquiesça de nouveau, Finn se lécha les lèvres et fit descendre ses doigts le long de son ventre pour explorer son sexe chaud et soyeux. Il trouva son clitoris et le massa en petits cercles délicats. Nora ferma les yeux et pencha la tête en arrière.

« Garde les yeux ouverts, ma belle. Je veux que tu me regardes, dit-il en la touchant et en la sentant frissonner de plaisir. Je veux que tu saches que c'est moi qui te fais te sentir si bien. »

Nora ouvrit les yeux, et son regard violet caressa le visage de Finn. Il la récompensa en la faisant légèrement bouger pour avoir un meilleur accès, et il glissa son majeur profondément dans son canal mouillé et serré.

« Oh ! » murmura Nora, et son corps se contracta autour de son doigt.

Ses seins se dressaient à chaque inspiration hachée qu'elle prenait, et les pics dressés le tourmentaient. Finn travailla son canal avec un doigt, puis en ajouta un autre, en se penchant pour attraper un téton entre ses lèvres. Il la baisa avec ses doigts et gémit de désir lorsqu'il sentit le corps de Nora se répandre sur ses doigts, puis sa paume. Il suçota son téton, donnant du plaisir à son sein tout en trouvant son clitoris avec le pouce.

Nora se tendit et cria, les doigts enfoncés dans les cheveux de Finn, ses hanches roulant contre sa main. Il savait qu'elle était proche, elle avait simplement besoin d'un petit quelque chose pour la faire basculer. Il attaqua son téton avec les dents, puis tira légèrement dessus, assez pour la surprendre. Il regarda son visage en sachant ce qui allait arriver ; il voulait conserver ce moment dans sa mémoire. Il appuya sur son clitoris avec son pouce, fort, et Nora se brisa autour de ses doigts, jouissant dans un cri. Son corps se tendit et trembla, les muscles sensibles de son vagin se contractèrent par spasmes, et ses paupières se fermèrent enfin en papillonnant.

Finn se retira et Nora se pencha en avant, appuyée contre lui, avec un soulagement lisible. Il l'attira contre son corps pour qu'elle s'y repose, sans prêter attention à son propre désir brûlant et savoura la sensation de l'avoir dans ses bras, en admirant combien elle était petite et douce à côté de lui. Il la tint ainsi un long moment, à écouter sa respiration revenir à un rythme normal.

Lorsqu'enfin, elle bougea pour se redresser, elle se pencha un peu en arrière, remonta sa culotte et son legging, et effleura les lèvres de Finn avec les siennes. Le cœur de Finn bondit lorsque leurs regards se croisèrent de nouveau, l'améthyste rencontrant l'aigue-marine.

« Wow, dit Nora en se tournant pour être plus à l'aise sur les genoux de Finn. Mes plans de rénovation ont dû être très impressionnants, non ? »

Finn rit et acquiesça.

« Oui... J'allais demander un deuxième avis, mais... » dit-il pour rire.

Au moment où ces mots sortirent de sa bouche, l'expression de Nora se renfrogna, et Finn su qu'il avait dit quelque chose qu'il ne fallait pas.

« À qui ? » demanda-t-elle en se levant de ses genoux. « À Charlotte, peut-être ? »

Finn fronça les sourcils.

« Je savais que Wyatt t'avait dit quelque chose, hier soir, grommela-t-il.

— Wyatt n'a rien à voir avec cette conversation, reprit sèchement Nora en se tendant.

— Vraiment ?

— À moins qu'il ne mente, » reprit Nora. Elle croisa les bras et leva un sourcil. « Dis-moi, est-ce que tu peux me regarder dans les yeux et me dire que tu n'as pas eu d'histoire avec Charlotte ? »

Finn hésita, et Nora ne manqua pas cette occasion. Elle asséna le dernier coup.

« Regarde-moi. Dis-moi que tu ne l'as jamais baisée, et je ne te poserai plus jamais la question, » exigea-t-elle.

Finn lâcha un soupir, puis secoua lentement la tête.

« Je ne peux pas dire ça, mais...

— Je le savais ! s'écria Nora. Je savais que vous étiez trop proches, tous les deux. Je suis tellement bête, à rester ici et à me laisser toucher, en pensant qu'on pourrait... »

Elle s'interrompit, les yeux brillants de larmes.

« Nora...

— Non... Arrête. Rends-nous service, et ne dis rien, » reprit-elle en se levant du canapé et en partant dans le couloir à toute allure.

Finn grimaça lorsqu'il entendit la porte de la chambre claquer, et le son lui parut particulièrement *définitif*, d'une certaine manière. Il se passa la main sur le visage, encore sous le choc. Tout s'était tellement bien passé jusque-là...

Alors, comment les choses avaient pu si mal finir ?

14

Allongée dans le lit de Finn, Nora se noyait de nouveau dans son odeur. Cette fois, néanmoins, elle ne l'excitait pas et ni la réconfortait. À la place, elle lui agressait les sens et faisait monter la colère dans sa poitrine, encore et encore. Elle resta allongée pendant des heures, bien après avoir entendu la porte du bureau de Finn se fermer. Elle se sentait plus malheureuse et plus seule que depuis cette première nuit étrange où Finn l'avait laissé à la porte de sa chambre d'hôtel.

Son cœur lui faisait *mal*. Viscéralement, elle avait vraiment mal. C'était sa faute, vraiment. Elle s'était permis d'espérer, avait laissé Finn se rapprocher trop près, sans poser la question qui pesait si lourd dans son cœur.

Il avait baisé Charlotte. Nora l'avait su, d'une certaine manière. Elle s'en était doutée, après avoir vu combien ils semblaient à l'aise, l'un avec l'autre. Malgré ça, Finn l'avait courtisée un peu, avait fait comme s'il voulait donner une chance à leur union. Alors, Nora avait ouvert la porte et s'était retrouvée bête.

Et qu'est-ce qu'elle y avait gagné ? De la peine, rien de

plus. Elle avait vécu ce scénario encore et encore avec son père, en espérant toujours qu'ils puissent recommencer leur relation, oublier le passé, aller de l'avant comme un père et une fille devaient le faire...

Et à chaque fois, son père avait claqué la porte. La situation avec Finn n'était pas différente. Nora avait simplement besoin d'apprendre et accepter la réalité. Mais pour cela, elle devait sortir de cette maison.

Nora attrapa son portable et appela des amis à Seattle. Malgré le fait qu'elle ait pratiquement disparu de la surface de la terre six mois plus tôt, quelques amis proches furent ravis d'avoir de ses nouvelles. Nora avait été assez proche d'un collègue de travail, un homme gay maniéré du nom de Jonathan, et il avait directement décroché.

Après quelques excuses larmoyantes et des explications frustrées, Jonathan insista pour qu'elle vienne loger chez lui un moment la semaine prochaine, quand il reviendrait de ses vacances en Floride. Nora le remercia et lui dit qu'elle y penserait, en sachant que c'était sa meilleure option pour se remettre sur pied. Peut-être que Jonathan pourrait même lui permettre de retrouver son ancien travail...

Parler à Jonathan fit se sentir Nora cent fois mieux. Elle pouvait remettre les choses en place, elle pouvait retrouver sa vie telle qu'elle était avant que son père ne la rappelle à la maison. Pourtant, ça ne l'aidait pas sur le moment. Elle avait quand même besoin d'une voiture pour partir de la ferme, et d'un endroit où rester en attendant que Jonathan revienne de vacances et puisse passer la chercher.

Nora passa en revue sa liste de contacts et soupira. Demander de l'aide à son clan était inutile ; ils lui riraient probablement au nez. Tous ses amis proches étaient occupés à vivre leur vie...

Ça ne laissait qu'une seule personne qui se trouvait être

à proximité et qui connaissait sa situation. Une seule personne dont elle savait qu'elle répondrait à l'appel et serait ravie de le faire…

Nora appuya sur le bouton appeler et retint son souffle, en sachant qu'elle s'apprêtait à passer un pacte avec le diable.

15

Nora se réveilla au son de quelqu'un qui frappait lourdement à sa porte et entendit Finn crier, en colère.

« C'est quoi ce bordel, Nora ? hurla-t-il en secouant la poignée de la porte. T'as appelé Wyatt, putain ? »

Nora s'assit dans le lit, soudain contente d'avoir pensé à mettre le verrou la veille.

« Va-t'en, Finn. On n'a rien à se dire, » cria-t-elle en réponse. Elle se frotta les yeux, encore ensommeillée.

« Bien sûr que si ! dit-il, sa fureur claire même à travers le battant. Ouvre, bon Dieu ! Je ne laisserai pas Wyatt entrer tant que tu ne m'auras pas parlé. »

Nora sortit du lit et marcha jusqu'à la porte, hésitante, la main sur le verrou.

« Tu dois te calmer, marchanda-t-elle. Si tu promets d'être calme, j'ouvrirai la porte. »

Un silence. Après quelques secondes, Finn répondit.

« D'accord. C'est promis. »

Nora ouvrit la porte, et un cri de surprise lui échappa lorsque Finn poussa le battant en entrant et lui saisit le poignet, l'attirant sur le lit. Elle sentit son cœur bondir dans sa poitrine, mais Finn se contenta de s'asseoir sur le lit et de la tirer pour qu'elle soit assise à côté de lui. Elle dégagea son poignet de sa main, le regard mauvais.

« Je croyais que tu devais te calmer, siffla-t-elle.

— Et je croyais que tu aurais la décence de ne pas aller demander de l'aide à Wyatt, parmi toutes les personnes sur cette Terre, » rétorqua Finn, le regard fixé sur le mur, la mâchoire tendue.

Nora le regarda un instant, avec sa posture raidie et son visage de marbre, et dut déglutir pour faire passer la boule qui se formait dans sa gorge.

« J'avais besoin d'aide. Je ne peux pas rester ici, Finn. »

Finn la regarda, à l'agonie. Ses yeux cyans lui brûlaient le visage, et elle se réajusta sur le lit, mal à l'aise.

« Ne pars pas, dit-il doucement, presque en suppliant.

— Il le faut, Finn. J'ai appelé Wyatt parce qu'il me faut un endroit où loger jusqu'à ce que connaisse ma prochaine étape, expliqua-t-elle doucement.

— Quelle prochaine étape ? On est partenaires. On ne peut pas revenir en arrière ou changer ça. On est ensemble pour le reste de nos vies, dit-il, les sourcils froncés.

— Je ne peux pas rester avec toi, Finn.

— Pourquoi pas ? On a à peine commencé à régler nos problèmes. Je sais que j'ai dit quelque chose de mal, hier soir... Je sais qu'on a pas encore tout résolu...

— Tu aimes quelqu'un d'autre. C'est impossible à résoudre, » lui dit Nora.

La bouche de Finn s'ouvrit, mais rien n'en sortit avant un bon moment.

« *Quoi ?* demanda-t-il, l'air ahuri.

— Charlotte. Tu es amoureux de la partenaire de ton

frère jumeau. Comment on est censés résoudre ça ? demanda Nora.

— Amoureux... Non, non, non, dit Finn, en secouant rapidement la tête. Ce n'est pas du tout ça. »

— Vraiment ? Tu n'arrêtes pas de parler d'elle. Elle est souvent dans le coin. Et tu as admis que tu avais couché avec elle, dit Nora en croisant les bras.

— Mon Dieu. C'est pour ça que tu es aussi en colère, reprit Finn, en se frottant la nuque. Je ne suis pas amoureux de Charlotte, Nora. Même pas un peu.

— C'est ça. Nora détourna le regard.

— Non, écoute-moi. Jusqu'à Charlotte, je n'avais jamais vraiment été proche d'une femme. J'ai eu beaucoup de rencards ou d'aventures, mais je n'ai jamais eu d'amie qui soit une femme, confia-t-il.

— Comment c'est possible ? »

Finn haussa les épaules.

« J'étais toujours avec Noah. C'est un vrai fauteur de trouble, et les femmes sont attirées par lui. Si je me faisais une amie, elle finissait toujours par coucher avec lui. Et après ça, quand elle me regardait, elle voyait Noah. Il n'y avait plus d'amitié, d'un seul coup, dit-il, en claquant des doigts pour ponctuer sa phrase.

— Je pense que toi et Charlotte êtes plus que de simples amis, insista Nora.

— C'est que... écoute, elle est simplement gentille et attentionnée. Elle ne pense pas à moi comme étant le jumeau de Noah ; elle me voit vraiment pour qui je suis. Je dois admettre, quand Noah l'a rencontrée pour la première fois, qu'on a tous passé une nuit arrosée ensemble. Tous les trois, ajouta Finn avec une grimace. Ce n'est pas le moment dont je suis le plus fier. Et pendant une minute, j'ai été jaloux qu'elle tombe dans les bras de Noah. Mais ce n'était pas Charlotte en elle-même que je voulais. C'est simplement que… j'avais besoin de quelqu'un qui me regarde comme Charlotte regarde Noah. »

Nora étrécit son regard, absorbant les mots.

« Tu es en train de me dire que tu n'as aucun sentiment pour elle, et que c'est une simple amie, demanda-t-elle.

— C'est ma sœur, maintenant. La partenaire de mon frère. Je la connais, je fais confiance à son jugement. Je l'apprécie en tant que personne. Mais Nora, je ne suis *pas* amoureux de Charlotte. Je ne l'ai jamais été, ajouta-t-il, sans détourner le regard.

— Oh. »

Nora ne sut pas quoi dire d'autre.

« En plus, je pensais que toi, tu comprendrais à quel point… ma famille peut être… compliquée, dit-il, en la regardant de près.

— Comment ça ? demanda-t-elle.

— Tu es obsédée par Wyatt ! s'exclama-t-il, en levant les mains en l'air.

— Je… Nora marqua une pause, puis se surprit en éclatant de rire.

— Je ne trouve pas ça marrant, gronda Finn.

— Je… C'est que… Wyatt ? demanda Nora, une main sur les lèvres, en essayant d'arrêter les petits rires qui lui montaient à la bouche. Bon Dieu, non. Je pense que je déteste ton frère. Sans vouloir te vexer. »

Ce fut au tour de Finn d'avoir l'air surpris.

« Mais… Tu… » Il s'arrêta, et sembla se repasser ses mots dans sa tête. « Oh, mon Dieu. On fait vraiment la paire, pas vrai ? On pensait tous les deux que… »

Finn eut un petit rire, avec un soulagement palpable.

« Comment est-ce que je pourrais vouloir de Wyatt ? Il a

quasiment gâché ma vie, dit Nora, les épaules agitées par le rire.

— Mon Dieu. On a été tellement bêtes, » se lamenta Finn.

Il se laissa tomber en arrière, contre le lit, avec un immense soupir. Nora l'imita, et se tourna sur le côté pour admirer Finn. Il se redressa sur le coude, et se tourna vers elle.

Leurs sourires se dissipèrent après un moment, et la tension grandit entre eux. Nora se lécha les lèvres en admirant Finn, les angles sévères de sa mâchoire, ses yeux d'un bleu ciel sombre sous ses sourcils noirs, la manière dont son tee-shirt blanc enserrait son corps musculeux...

« Tu ne peux pas me regarder comme ça et t'attendre à ce que je ne fasse rien, dit Finn, la voix grave et résonnant dans son torse.

— Je ne peux pas m'en empêcher, répondit Nora. « C'est juste... »

Elle ne finit pas sa phrase, se rapprochant jusqu'à ce qu'ils soient à quelques centimètres d'écart à peine. La main de Finn approcha de son visage pour remettre une boucle de ses cheveux derrière son oreille. Il prit délicatement la mâchoire de Nora dans sa grande main et lui releva le menton.

La respiration de Nora s'accéléra lorsque Finn amena ses lèvres sur les siennes. Cette fois, le baiser n'était pas délicat ou tentateur. Les lèvres de Finn ouvrirent les siennes et leurs langues se rencontrèrent. Dès les premiers instants, ce baiser fut profond et exigeant, et Nora ne put rien faire d'autre que de lever une main pour la passer dans les cheveux de Finn, en appuyant son corps contre les muscles durs de ses cuisses, de son ventre et de son torse.

16

Nora soupira contre les lèvres de Finn lorsqu'il passa une de ses larges mains sur sa hanche, et la glissa sous son tee-shirt pour caresser sa peau nue du bout des doigts. Elle haleta lorsqu'il rompit leur baiser et qu'il fit passer son tee-shirt au-dessus de sa tête, puis lui enleva son pantalon, ne lui laissant que sa fine culotte en coton. Ses seins et ses cuisses étaient complétement exposés, et Finn ne perdit pas de temps pour prendre possession de son corps.

« Mon ours se dresse chaque fois que je te touche, lui dit Finn, en prenant ses seins dans ses mains. Il passa les pouces sur ses tétons, ce qui la fit frissonner d'anticipation.

— Je te veux aussi, » murmura Nora en tendant le bras.

Finn attrapa sa main et la lui plaqua sur le matelas, au-dessus de sa tête.

« Patience, lui dit-il. Je vais faire ça bien. Dans tous les autres aspects de nos vies, tu pourras faire ce que tu veux. Mais dans la chambre, c'est moi qui commande. »

Ses mots lui envoyèrent des frissons dans la colonne vertébrale, et elle sentit la chaleur s'accumuler dans la partie basse de son corps. Finn était tellement courtois et gentil dans tout ce qu'il faisait ; sa domination soudaine la surprenait, la faisait rougir de la tête aux pieds. Il lui attrapa la deuxième main et lui fit rejoindre la première, les maintenant contre le matelas.

« Ne les bouge pas jusqu'à ce que je te le dise, lui dit-il d'un air sombre.

— Oui, monsieur, » répondit Nora en riant.

Rapide comme l'éclair, Finn se pencha et mordilla un téton sensible du bout des dents. Nora cria, plus de surprise que de douleur.

« Tu m'appelleras monsieur, mais tu ferais mieux d'arrêter le sarcasme, la prévint-il avec un sourcil relevé, impérieux.

— Sinon quoi ? le défia-t-elle.

— Sinon, je te mets une fessée, » répondit-il simplement.

La faim sur son visage rendait évident qu'il voulait vraiment qu'elle essaye de le tester, de lui désobéir pour qu'il puisse la punir. Elle tint sa langue, sans savoir si elle aimait ou non l'idée de se faire fesser.

« Voyons voir... » dit Finn en se redressant pour se mettre à genoux à côté de sa forme allongée. Son regard passa le long du corps de Nora, pensif. Il passa les doigts dans l'élastique de sa culotte et la fit descendre le long de ses jambes avant de la jeter sur le côté. « Beaucoup mieux. Je n'ai pas eu l'occasion de bien te voir, la dernière fois. »

Nora resta immobile, les genoux relevés, les cuisses contractées. Finn passa les mains sur le dessus de ses jambes, de ses tibias à ses genoux, en poussant légèrement sur ses rotules pour les séparer. Nora lui accorda quelques centimètres avant de brusquement refermer les jambes. Elle n'était pas préparée à lui accorder un accès aussi intime.

« Tss, tss, » fit Finn, désapprobateur.

Il la regarda attentivement, puis se redressa et se leva pour se déshabiller, ne gardant que son caleçon bleu foncé. Il s'assit sur le rebord du lit, puis fit signe à Nora de venir du doigt.

« Viens t'asseoir sur mes genoux, » lui ordonna-t-il. Nora hésita, le regard fixé sur le corps impressionnant de Finn, les yeux allant de plus en plus bas... jusqu'à la bosse absolument énorme contenue par son caleçon. Il lui adressa un sourire en coin et posa une main sur son érection massive, se caressant à travers le tissu fin en coton.

Nora ne voulait rien de plus que d'explorer le corps de Finn, de le sentir l'emplir, d'apaiser la douleur entre ses cuisses... Elle pris une grande respiration. Pas de récompenses sans risques, pas vrai ? Elle se mordilla la lèvre et avança lentement vers Finn, en montant sur ses cuisses. Sa bosse impressionnante n'était qu'à quelques centimètres de son sexe brûlant, et elle ne put s'empêcher de poser les doigts sur sa longueur.

Finn attrapa ses mains et les posa sur ses larges épaules. Il attrapa les hanches de Nora et attira le bas de son corps contre le sien, appuyant sa bite contre son mont. Nora lâcha un soupir, à moitié de soulagement et à moitié de frustration.

Finn sourit de nouveau et se pencha en arrière, ajustant la position de Nora pour que le bord de son érection écarte ses lèvres inférieures et chaudes, la touchant au niveau du clitoris et jusqu'à son centre. Il donna un coup de rein, la titillant avec la légère abrasion du coton contre la partie la plus sensible de son anatomie.

Puis, il l'embrassa, sa langue à la recherche de celle de Nora, plongeante et provoquante. Il les berça doucement jusqu'à ce que Nora réponde en ondulant des hanches, désespérée qu'il frotte le bon endroit. Les doigts de Finn plongèrent dans ses cheveux pour contrôler ses mouvements, et de sa main libre, il souleva de nouveau un de ses seins.

Il embrassa et suçota le téton, le faisant rouler sur sa langue, et un cri profond s'échappa de la gorge de Nora. Elle sentait de la chaleur affluer en elle, et les flammes montaient de plus en plus haut à chaque passage délicieux de la langue de Finn, à chaque coup de rein que Nora donnait. Tout son corps était rougi de chaleur et de tension, et elle pouvait sentir sa peau se resserrer sous l'intensité de son désir grandissant.

Finn relâcha son sein et se redressa, regardant Nora prendre de grandes inspirations, en frottant son sexe contre son érection sans la moindre honte. Une partie de Nora voulait bouger, arracher ce caleçon et prendre Finn en elle, brutalement et profondément. Une autre partie d'elle voulait continuer, en sachant qu'elle était proche de la limite, qu'avec un peu plus de mouvements, elle trouverait sa délivrance soudaine.

Finn resserra l'étreinte de ses doigts dans les cheveux de Nora, la faisant haleter et bouger ses hanches plus rapidement. Son autre main, posée sur son sein, pinça le téton douloureux et elle sentit son vagin papillonner d'excitation.

« Tu pourrais jouir rien qu'avec ça, n'est-ce pas ? demanda-t-il, impressionné.

— Oui, souffla Nora, en tournant la tête pour lécher et mordiller le poignet de Finn.

— Tu es vraiment très vilaine, pas vrai ? » dit Finn. C'était plus une affirmation qu'une question.

Il descendit les mains sur les hanches de Nora, et la repoussa d'une fraction, l'empêchant d'assouvir son besoin brûlant.

« Finn, non ! protesta-t-elle, mais il ne l'entendait pas de cette oreille.

— Je t'ai dit que c'était moi aux commandes, non ? » lui dit-il lentement, avec un sourire. « Je ne t'ai pas dit que tu pouvais déjà jouir, ma belle. »

Avant même qu'elle ne comprenne ce qu'il se passait, Finn l'avait saisie et la faisait pivoter. Elle se retrouva à quatre pattes, au milieu du lit. Ses genoux étaient écartés, la laissant grande ouverte, nue et vulnérable. Lorsqu'elle essaya de refermer ses jambes, Finn l'en empêcha, ses deux mains fortes tenant l'intérieur de ses cuisses.

« Tu es en train de demander à être punie, Nora, la prévint-il. Ne bouge plus. »

Nora le sentit bouger et entendit un bruissement lorsqu'il enleva son dernier vêtement. Elle jeta un œil en arrière, et sa bouche s'ouvrit lorsqu'elle vit un Finn fier et entièrement nu approcher du lit, derrière elle.

Il s'agenouilla derrière les jambes de Nora, les genoux frottant contre l'arrière de ses cuisses. Nora sursauta lorsqu'elle sentit ses paumes légèrement calleuses se poser sur l'extérieur de ses cuisses, et remonter peu à peu jusqu'à ce qu'elles tiennent ses fesses.

« Tu as un cul magnifique, » murmura-t-il, presque à lui-même.

Il passa un doigt le long de son dos, descendant toujours plus bas, et rit légèrement lorsqu'il sentit Nora se contracter, en alerte.

« Ne t'inquiète pas, on n'en est pas encore là. Il y a beaucoup d'autres choses à explorer, avant, » dit-il.

Nora se mordilla la lèvre et tendit le cou pour le regarder, le regard dévorant chaque centimètre de ce corps nu, bronzé et musclé. Finn Beran était vraiment un genre de dieu.

Il passa deux doigts le long de son sexe, trouva son clitoris et y dessina de petits cercles jusqu'à ce qu'elle gémisse et appuie son visage contre la couverture. Il s'arrêta un long moment, la main de nouveau sur son cul, le caressant de haut en bas, avec douceur.

Nora se tendit, sans savoir pourquoi. Elle sentit la main de Finn partir, et la seconde d'après, elle claqua contre ses fesses, la faisant de nouveau sursauter. Il frotta jusqu'à ce que la sensation de picotements disparaisse, puis retrouva son clitoris. De nouveau, il le frotta et le titilla, attisant les flammes de plus en plus haut, puis de nouveau, il s'arrêta. Il massa son autre fesse, cette fois, puis s'arrêta.

Clac. Cette fois, Nora ne sursauta pas, mais elle gémit un peu sous la brûlure piquante.

Finn attrapa ses deux fesses entre ses mains et les pressa fort, avec un son satisfait qui monta dans sa gorge.

« C'est à moi, » lui dit-il. Il glissa ses doigts jusqu'à ses lèvres inférieures trempées, et reprit. « Et ça, c'est à moi. Rien qu'à moi. »

Il glissa un doigt épais dans son vagin brûlant, la faisant crier et se ruer contre son doigt. Elle en voulait davantage, elle avait besoin d'être emplie. Lorsqu'il se retira, elle gémit de frustration.

« Et ça… » dit-il. Ses doigts remontèrent, et firent des cercles autour du bouton de rose serré qu'il trouva. Son doigt, rendu glissant par les fluides de Nora, la pénétra facilement.

« Oh ! haleta-t-elle. Finn !

— C'est aussi à moi, » ajouta-t-il avec un petit rire. Il fit jouer son doigt, dedans, dehors, si lentement que c'en était agonisant. Nora était tellement désespérée de pouvoir jouir que même cette invasion la faisait se sentir bien, et elle dût se retenir d'aller à la rencontre de ce doigt comme elle l'avait fait avant.

Lorsqu'il se retira, elle pleura presque.

« Finn, s'il te plaît, grogna-t-elle.

— S'il te plaît quoi, ma belle ?

— S'il te plaît... Fais-moi jouir, » supplia-t-elle.

Il sourit.

« Puisque c'est si gentiment demandé, ma belle. »

Il la surprit en s'allongeant en travers du lit, à côté d'elle. Le regard de Nora passa de son visage directement à sa bite, qui était dressée et au garde-à-vous. Elle se lécha les lèvres, prête à monter sur lui et à leur apporter tous les deux leur délivrance. Lorsqu'elle fit mine de chevaucher ses cuisses, il claqua de la langue.

« Non, non. On n'en est pas encore là. Je suis trop grand pour toi, ma douce. Je ne te prendrais pas avant ce que tu aies déjà joui une fois. »

Nora le regarda, perdue.

« D'accord... dit-elle.

— Je veux que tu t'assoies sur mon visage, » dit-il, posé. Comme s'il demandait aux gens de faire ça tous les jours de la semaine.

« Finn ! protesta Nora, en s'écartant.

— Je vais te baiser avec ma bouche. Tu vas jouir sur mon visage. Tu vas adorer, promit-il.

— Je ne peux pas faire ça, protesta-t-elle, en pensant au visage de Finn si proche de ses cuisses imparfaites, de... de tout.

— Fais-le une fois, pour moi. Si tu n'aimes pas ça, je ne te le demanderai plus jamais. Mais je parie que tu me supplieras de le faire à chaque fois que je te baiserai, ajouta-t-il, en levant un sourcil en défi.

— Je ne... » Nora se mordilla la lèvre en se tortillant. Elle était tellement excitée, tellement proche de basculer. Elle n'aurait besoin que de quelques secondes, probablement...

« Tu me fais confiance ? » demanda Finn, en l'attirant à lui pour poser un baiser sur ses lèvres.

La sincérité candide de son ton la fit céder. Elle acquiesça, incapable de rencontrer son regard, mais elle ne manqua pas de voir la manière dont Finn se lécha les lèvres. Ça la fit frissonner.

Maladroitement, elle plaça ses genoux au-dessus des épaules de Finn, jusqu'à ce qu'il pose les mains sur ses hanches pour la guider. Lorsqu'il attira son corps contre ses lèvres, elle sentit qu'elle était rouge d'embarras de la tête aux pieds, et elle était persuadée que tout désir sexuel l'avait abandonné.

Puis, la langue de Finn toucha son corps, passant de son centre à son clitoris. Ses lèvres couvrirent son bouton dressé, et il le fit danser avec sa langue en suçotant doucement, et Nora sut qu'elle avait eu tort.

« Oh, oh, oh ! » bafouilla-t-elle.

Sa langue la brûlait vive, son centre était chaud et empli et ses seins lui faisaient mal. Finn la tenait d'une main, l'aidant à garder son équilibre pour qu'elle puisse se détendre un peu sans l'étouffer. Nora prit ses propres seins en main, et joua avec les tétons en les pinçant, tout comme son partenaire l'avait fait plus tôt.

Sans s'en rendre compte, elle commença à se frotter contre lui, à chercher les assauts de sa langue. Il suçota et lécha, l'amenant de plus en plus proche, jusqu'à ce qu'elle pense qu'elle allait en mourir. Il gardait son contact léger, comme s'il essayait de faire durer ce moment le plus possible.

Nora arqua le dos et poussa un gémissement de désir et de frustration.

« Finn, pitié ! » cria-t-elle de nouveau, en se pinçant les tétons aussi fort qu'elle l'osait. Elle posait de plus en plus de son poids contre cette bouche magique.

Finn gronda contre elle, mais ne changea pas de rythme. Il posa sa main libre sur sa fesse, puis fit avancer ses doigts vers son entrée arrière. Nora se tendit un moment, prête à protester, mais Finn suçota plus fort sur son clitoris, la figeant sur place.

Sa langue travaillait son clitoris et la brûlait vive, et le doigt de Finn perça son bouton de rose, en faisant des va-et-vient. Des vagues de chaleur emplirent son corps, doublant lorsque Finn poussa son doigt de plus en plus profond.

La sensation la prit par surprise, combinée à celle de la langue de Finn et de sa propre stimulation de ses seins, elle la faisait se sentir sale, et pleine, et possédée...

Nora explosa, un cri guttural s'arracha de sa poitrine, et tout son corps se contracta d'un coup, tendu et convulsif. Pendant un instant qui lui parut très long, elle ne fut consciente que des vagues successives de plaisir intense qui la parcouraient. Elle ne voyait rien, ne savait rien et ressentait tout.

Lorsqu'elle aspira une goulée d'air et ralentit, elle remarqua que Finn la soutenait, ses grandes mains placées sur ses cuisses, juste sous son cul. Il passa la langue contre son corps, la lapant doucement jusqu'à ce qu'elle soupire et se redresse toute seule.

« Unf, » fut le seul commentaire de Nora. Elle se souleva et s'écroula sur le côté, en relâchant une énorme respiration.

« Je déteste dire que je te l'avais dit... dit Finn avec un sourire malicieux. Mais... je te l'avais bien dit, non ?

— Je ne veux même pas te demander où tu as appris à faire ça, murmura Nora. C'est un coup bas.

— Ce n'est que le début, pour te préparer. »

Finn passa les doigts autour de sa bite, ce qui attira l'attention de Nora sur sa longueur parfaitement droite.

« Tu veux que je... commença-t-elle, mais Finn la coupa.

— Même si j'adorerais sentir ta bouche sur ma bite, ma belle... Crois-moi, j'ai tellement hâte de t'apprendre à utiliser ta bouche sur moi, à me prendre dans ta gorge... » Il soupira, secoua la tête. « Mais pas pour notre première fois. Je veux te baiser tellement fort que je pense que je suis en train d'en mourir.

— Alors, baise-moi, » répliqua Nora, les lèvres tordues en un sourire.

Elle aimait ce côté cochon et salace de Finn. La manière dont il parlait lui envoyait des vagues de chaleur dans le corps. Elle sentit ses membres réagir à sa présence, bien qu'elle ait trouvé sa délivrance à peine quelques minutes plus tôt.

« J'en meure d'envie, répondit Finn, les sourcils froncés. Mais je dois aller chercher un préservatif dans la salle de bains. »

Nora eut un petit rire comme un aboiement.

« Je ne pense pas. On est partenaires, non ? Ce n'est pas comme si les ours pouvaient se donner les maladies humaines.

— Tu es sûre, Nora ? » demanda Finn, le regard sombre et fixé sur elle.

Il frottait la longueur de son érection, lentement, et Nora put voir le reflet de l'humidité perler à son bout. Elle frissonna en se léchant les lèvres.

« Sûre et certaine, » répondit-elle, en posant une main sur son épaule pour l'attirer contre elle.

Leurs bouches se rencontrèrent, leurs langues entremêlées, leurs dents mordillant les lèvres avec envie. Finn s'arrêta un instant pour allonger Nora, les genoux en l'air et écartés. Il s'agenouilla de nouveau entre ses jambes, se pencha pour déposer un baiser sur ses lèvres, un autre sur ses tétons. Elle se tortilla. Le besoin d'avoir cet homme en elle l'écrasait.

Finn agrippa sa longueur. Il en appuya le bout contre le centre de Nora, puis alla de haut en bas pour se lubrifier avec son humidité.

« Arrête-moi si je te fais mal, » dit-il, l'expression sombre.

Nora acquiesça pour essayer de le rassurer. Son partenaire ne lui ferait jamais de mal, que ce soit voulu ou non.

Sur ces mots, Finn poussa son bout gonflé en elle, la pénétrant à un rythme douloureusement lent. Nora hoqueta en se sentant étirée, la sensation à la limite de la douleur, mais l'expression de révérence sur le visage de Finn lui fit tenir sa langue. Les yeux fermés, les sourcils relevés, Finn se mordilla la lèvre en entrant lentement dans son canal serré, en avant puis en arrière, en utilisant l'excitation de Nora pour faciliter son entrée.

Il se maintenait sous un contrôle tellement parfait que c'était presque dur à regarder. Nora voulait se jeter sur lui, bouger sous lui, le faire se briser et trembler. Dès qu'il fut rentré totalement en elle, sa queue en possession de chaque centimètre de sa chatte, Nora passa les doigts le long de ses épaules et bougea légèrement sous lui.

Finn frissonna, se retira puis plongea profondément, ce qui fit crier Nora dans un mélange de plaisir et d'inconfort. Il était trop tout, trop grand, trop long, mais il était aussi… Finn. Elle adorait chaque seconde passée comme ça et elle en voulait plus, elle aurait tué pour en avoir plus.

« Oui, mon amour, murmura-t-elle à Finn. Baise-moi. Prends ta partenaire. »

Les yeux de Finn s'ouvrirent d'un coup, et ces yeux d'un

bleu doux semblèrent se fondre en une couleur plus électrique. Il plaça la main sur le tibia de Nora et poussa son genou contre sa poitrine en commençant à bouger, la rendant plus serrée encore.

« Tu es tellement parfaite, putain, » lui dit-il, en relâchant l'animal qu'il avait retenu jusque-là. Il plongeait et se retirait en imposant un rythme furieux, emplissant son corps en frappant toutes les terminaisons nerveuses à chaque coup de rein. « Bon Dieu, je savais que tu valais le coup que j'attende. Bordel, Nora. Tu es tellement serrée. »

Il alla de plus en plus vite, la respiration projetée hors de son corps à chaque fois qu'il avançait brusquement en elle. Nora pouvait voir la tension se répandre dans chacun de ses muscles, elle voyait qu'il luttait pour se retenir.

« Mets mes jambes sur tes épaules, » lui dit-elle, désespérée qu'il aille plus profond et frappe son point G.

Finn obéit en un instant, en tenant le haut de ses cuisses en pénétrant son sexe, frappant encore et encore. Le changement fit rouler les yeux de Nora dans ses orbites ; il était tellement profond, maintenant, il appuyait tellement fort qu'elle pouvait presque le sentir contre son utérus. La sensation était si intense qu'elle en était presque douloureuse. Puis, Finn se pencha en arrière, ce qui l'atténua. Au même instant, le gland épais de sa bite commença à frapper son point G à chaque impulsion.

« Oh ! Oh, Finn, bordel ! Je vais... » Nora ne put même pas finir sa phrase. Sa vision se troubla de nouveau et son monde disparut. Elle était vaguement consciente de mouvements et de bruits, plongée et étouffée dans un orgasme violent qui fit se contracter tous ses muscles intérieurs en des spasmes brutaux.

Le rugissement de Finn la ramena à la surface. Il tenait ses cuisses d'une poigne de fer lorsqu'il cria sa délivrance d'une voix grave, plongeant et pulsant dans le corps de Nora, les dents découvertes tandis qu'il éjectait des longs traits de sperme en elle.

Il resta immobile un long moment, les yeux fermés. Ses mains caressèrent les cuisses de Nora, mais il ne bougea pas, ne la libéra pas tandis qu'il redescendait de sa délivrance presque violente. Un frisson passa le long de son corps, ses muscles se contractèrent par étapes depuis son torse jusqu'à ses hanches.

« Mon Dieu, dit-il enfin en rouvrant les yeux, le regard concentré sur le visage de Nora. Tu vas bien ? »

Nora pinça les lèvres, comme si elle réfléchissait à la question.

« Je ne sais pas. Est-ce que je peux porter plainte pour 'trop d'orgasmes' ? » demanda-t-elle.

Finn glissa de son corps en grognant, tombant à côté d'elle comme un arbre qu'on aurait abattu. Nora se tourna sur le côté pour lui faire face, au moment-même où il passait un bras autour de sa taille pour l'attirer contre lui.

« Je ne t'ai pas fait mal, alors ? demanda-t-il, réellement inquiet. Je ne voulais pas perdre contrôle comme ça. Ça n'arrivera plus. »

Nora éclata de rire.

« J'espère que ça arrivera de nouveau ! cria-t-elle, en poussant sur son torse. J'ai adoré chaque seconde.

— Vraiment ? demanda Finn, le regard suspicieux.

— Mais oui, bordel. Tu as senti la réaction de mon corps, non ? demanda-t-elle.

— J'étais un peu... emporté... Je ne pouvais pas me concentrer, avoua-t-il, timidement.

— Alors, tu n'as pas détesté ça non plus, » fit Nora, avec un vilain sourire sur les lèvres.

Finn poussa un petit grondement et l'attira contre lui. Ils

restèrent allongés ainsi pendant des lustres, jusqu'à ce que Nora soit presque endormie, épuisée de pur plaisir.

« Ça va être ça pour nous, tu sais, » murmura Finn contre les cheveux de Nora.

Nora sursauta, réveillée de sa torpeur.

« Comment ça ?

— Je veux dire... toi et moi. On n'aura que nous, et rien que nous, pour le restant de nos vies. » Sa voix était un peu étonnée, comme si la pensée ne lui était pas venue à l'esprit avant cet instant, ou qu'elle ne s'était pas imposée à lui.

Nora leva les yeux sur le visage de Finn et repoussa une boucle de ses cheveux noirs de son front.

« Je sais. Tu le regrettes ? » demanda-t-elle.

Finn lui adressa un regard sombre puis secoua la tête.

« Comment je pourrais regretter ça ? »

Nora n'était pas sûre de savoir comment répondre à ça. C'était la plus haute forme de compliment, venant de quelqu'un d'aussi formidable et d'aussi beau que Finn. Le silence retomba, jusqu'à ce que Finn reprenne la parole.

« Tu le regrettes ? » demanda-t-il, la voix douce.

Nora le regarda avec un petit sourire aux lèvres.

« Je pense la même chose que toi. Comment est-ce que je pourrais regretter ça ? »

Ils s'embrassèrent, lentement et avec douceur, leurs corps en contact, les mains entrelacées. Avant que leur baiser ne puisse devenir torride, ils entendirent du bruit à la porte.

« Nora, c'est quoi ce bordel ? Je te prends en voiture ou pas ? » cria Wyatt en tapant contre la porte de la chambre.

Nora regarda Finn, puis se mit à rire.

« C'est pas toi qui me prendra ! » cria-t-elle, avec un rire franc.

Finn eut un petit rire et l'embrassa de nouveau, les

mains sur les seins de Nora, renouvelant de nouveau sa faim. Wyatt frappa de nouveau à la porte, en marmonnant des jurons.

« Rentre chez toi, Wyatt ! cria Finn. Nora a tout ce qu'il lui faut ici. »

Et Nora sut que c'était vraiment le cas.

17

Wyatt était assis sur une botte de foin du Red Lodge, en train de boire du whisky très cher directement à la bouteille. Il avait fui Portland, en laissant Nora et Finn entremêlés l'un dans les bras de l'autre et heureux. Il n'avait pas pu voir à travers la porte de la chambre, évidemment, mais il n'en avait pas eu besoin. Il avait déjà été témoin de toute la scène avant, une des nombreuses possibilités d'une série de visions qu'il avait reçues deux mois plus tôt.

Les autres possibilités avaient été beaucoup moins plaisantes. Nora, donnée à un homme âgé et violent. Nora, enlevée au milieu de la rue en pleine nuit, victime de la violence des rues de Seattle après avoir fui son père. Ce n'étaient pas les pires visions qu'il avait eu, cependant.

La pire avait été cette image du père de Nora, debout sur une colline. Il tenait deux longues roses blanches, la tête baissée sur deux emplacements de tombes. Une ancienne, une nouvelle. Nora, qui reposait désormais à côté de sa mère.

Même maintenant, cette pensée donnait la nausée à Wyatt.

« Je pensais bien que je te trouverais ici, » lui dit une voix familière.

Wyatt tourna la tête et vit Luke entrer dans la grange. Wyatt sourit en coin, s'adossa et de la main, montra la botte de foin à côté de lui, offrant un siège à son grand frère.

« Où est ta partenaire ? demanda Wyatt à Luke.

— C'est marrant, j'allais te demander la même chose, » répondit Luke avec un sourcil levé.

Wyatt lui jeta un regard noir, et se tourna pour reprendre une gorgée de sa bouteille. Le whisky le brûla en passant dans sa gorge, atténuant toutes les autres sensations, les ombres persistantes, sombres et insidieuses qui emplissaient son esprit. L'alcool atténuait les visions, aussi... un bénéfice collatéral qui était le bienvenu.

« Aucune idée de quoi tu parles, » dit enfin Wyatt.

Luke resta silencieux, sans insister... uniquement pour parler de quelque chose d'encore pire.

« Il faut que tu leur dises. Finny, Gavin... ils méritent de comprendre ce que tu fais, » dit Luke, d'une voix égale et douce.

Wyatt eut un rire sans joie et leva les yeux au ciel.

« Mais bien sûr.

— Je suis sérieux, » reprit Luke. Il saisit la bouteille de whisky de la main de Wyatt et la posa à côté de lui, hors de portée de son frère, en le regardant d'un air dur.

« Qu'est-ce que je suis censé dire ? 'Oh, hé, les gars, je ne suis pas vraiment un connard, j'ai juste des visions qui me disent quand vos futures partenaires sont en danger. Je dois faire quelque chose et vous pousser dans cette relation, sans quoi, elles meurent' ? Ça n'est *du tout* complètement aberrant, soupira Wyatt.

— C'est mieux de dire ça plutôt que tes frères et tes belles-sœurs pensent que tu es répugnant, » répondit Luke.

Wyatt le regarda longuement.

« Répugnant ? Tu passes trop de temps avec ta partenaire, dit-il à Luke.

— C'est une femme intelligente, » répondit Luke, impénitent. Il s'arrêta. Apparemment, il hésitait sur ses prochains mots.

« Ta fille finira bien, soupira Wyatt. Je l'ai vue, dans plusieurs années. »

Luke le regarda, perturbé.

« Tu es télépathe maintenant ? il faut que tu préviennes les gens, dit-il.

— Non, mais tu es prévisible, répondit Wyatt.

— Alors, tu as vue... ma fille ? demanda Luke, de l'admiration dans la voix, en trébuchant sur le mot.

— Yep. Et elle a de quoi tenir d'Aubrey, d'ailleurs. Elle est magnifique, putain.

— Est-ce qu'il y a autre chose que tu as besoin de me dire ? » demanda Luke.

Wyatt rumina un instant sur ces mots, puis secoua la tête.

« Désolé, mec. Des trucs mauvais se passent si je parle trop. Je ne peux pas simplement dire aux gens de ne pas faire ci ou ça. Crois-moi, j'ai essayé. Je dois y être en personne pour l'empêcher moi-même. »

« Combien d'autres il y en a ? demanda Luke. De femmes condamnées, je veux dire. »

Wyatt sourit, en sentant une tristesse envahir son torse.

« Plus qu'une.

— Ah, reprit Luke. La tienne, j'imagine. »

Wyatt acquiesça, une boule dans la gorge. Luke le regarda, l'inquiétude lisible sur les traits.

« Tu peux appeler n'importe lequel d'entre nous pour quoi que ce soit. Tu le sais, pas vrai ? » dit-il.

Wyatt aboya de rire.

« Tout le monde me déteste pour le moment. Tout le monde, sauf toi et M'man, soupira-t-il.

— Non. Ils ne sont pas ravis, mais les Beran restent soudés. Notre lien est dans le sang. Ne l'oublie pas. »

Wyatt lui jeta un regard, surpris par son éloquence. Jusqu'à ce qu'il rencontre Aubrey, Luke avait à peine été capable de parler, même avec la famille. Maintenant, c'était devenu un poète bavard, apparemment.

« Merci, » répondit Wyatt.

Ils restèrent silencieux un long moment. Après une minute, Luke tendit la bouteille de whisky à Wyatt. Wyatt en prit une gorgée, en faisant la grimace. Ses pensées tourbillonnaient et enflaient, menaçaient de l'envahir. Il avait terriblement envie de tout raconter à son frère, chaque sombre détail, pour soulager son esprit.

Mais une vie était encore en jeu, la seule que Wyatt ne mettrait jamais en danger.

Sa partenaire. Son cœur. La femme qui porterait... peut-être... devrait porter ses enfants.

Après ce qui lui semblait une éternité, Wyatt ne pouvait plus tout retenir. Il devait partager quelque chose, n'importe quoi avec Luke, désespéré de se sentir moins seul. Pour l'instant, il n'était qu'un homme solitaire sur le plus haut sommet du monde, qui regardait le reste de la Terre avec le cœur lourd.

« Elle s'appelle Lucy. »

Luke regarda Wyatt, sorti de ses pensées.

« Ma fille ? »

— Non, reprit Wyatt, en secouant lentement la tête. Ma partenaire. Elle s'appelle Lucy. Elle est médecin. »

Luke acquiesça, puis se releva. Il tendit une main à Wyatt. Wyatt la saisit et laissa Luke l'aider à se remettre sur pied. À sa grande surprise, Luke l'attira à lui pour le prendre dans ses bras.

« Tout va bien se passer, dit Luke. Tu verras.

— C'est toi le voyant, maintenant ? demanda Wyatt, mais son ton était plus léger désormais.

— Non, mais je peux prédire que M'man sera furieuse si on ne ramène pas nos fesses à l'intérieur pour manger le dîner, répondit Luke. Apparemment, elle a préparé une côte rôtie, quoi que ce soit censé être. »

Souriant devant l'humour de son frère, Wyatt acquiesça. Ils marchèrent vers la maison, et Wyatt eut une pensée soudaine. Dans quelques semaines, la situation avec Lucy se présenterait. Qu'importe qu'il réussisse ou qu'il échoue dans ses essais pour la secourir, tout serait fini. Ses visions s'arrêteraient, il pourrait tout dire à ses frères.

Il retrouverait sa famille, au moins.

Cette pensée lui réchauffa le cœur, et Wyatt se rendit compte de combien il avait été seul, toute cette année. Mais c'était vrai... tout serait bientôt fini.

La dernière chose dont il devait s'occuper était de la question de sa partenaire. Nuit après nuit, Wyatt analysait les différentes possibilités. À la fin de ses visions, juste avant l'aube, Wyatt se réveillait, le cœur battant. La scène se rejouait encore et encore dans son esprit, le forçant à se lever du lit. Parfois, la mort de Lucy était tellement ignoble, tellement viscérale... plusieurs fois, Wyatt avait passé de longues minutes dans la salle de bain à vomir, pour essayer de se débarrasser de cette sensation monstrueuse qui le dévorait de l'intérieur.

Demain, songea Wyatt. *Demain, j'irai la trouver. Je la surveillerai, et j'attendrai.*

Le cœur lourd une fois de plus, Wyatt monta les marches du Red Lodge, prêt à rejoindre sa famille pour ce qui pourrait bien être leur dernier repas ensemble.

BULLETIN FRANÇAISE

REJOIGNEZ MA LISTE DE CONTACTS POUR ÊTRE DANS LES PREMIERS A CONNAÎTRE LES NOUVELLES SORTIES, OBTENIR DES TARIFS PREFERENTIELS ET DES EXTRAITS

https://kaylagabriel.com/bulletin-francais/

DU MÊME AUTEUR

Les Guardiens Alpha

Ne vois aucun mal

N'entends aucun mal

Ne dis aucun mal

L'Ours éveillé

L'Ours ravagé

L'Ours règne

Les Guardiens Alpha Coffret

***

Ours de Red Lodge

Le Commandement de Josiah

L'Obsession de Luke

La Révélation de Noah

Le Salut de Gavin

La Rédemption de Cameron

***

Les loups de Winter Pass

Hurler

Grogner

ALSO BY KAYLA GABRIEL

Alpha Guardians

See No Evil

Hear No Evil

Speak No Evil

Bear Risen

Bear Razed

Bear Reign

Alpha Guardians Boxed Set

Red Lodge Bears

Luke's Obsession

Noah's Revelation

Gavin's Salvation

Cameron's Redemption

Josiah's Command

Finn's Conviction

Wyatt's Resolution

Werewolf's Harem

Claimed by the Alpha - 1

Taken by the Pack - 2

Possessed by the Wolf - 3

Saved by the Alpha - 4

Forever with the Wolf - 5

Fated for the Wolf - 6

Winter Lodge Wolves

Howl

Growl

Prowl

ÀPROPOS DE L'AUTEUR

Kayla Gabriel vit dans la nature sauvage du Minnesota où elle jure apercevoir des métamorphes dans les bois qui bordent son jardin. Ce qu'elle aime le plus dans la vie, ce sont les mini marshmallows, le café et les gens qui se servent de leurs clignotants.

Contactez Kayla par
e-mail: kaylagabrielauthor@gmail.com et assurez-vous de vous procurer son livre GRATUIT :
https://kaylagabriel.com/bulletin-francais/
http://kaylagabriel.com

www.ingramcontent.com/pod-product-compliance
Lightning Source LLC
LaVergne TN
LVHW011839060526
838200LV00054B/4104